Key Pankonin Novemberecho

Über das Buch

Key Pankonin arbeitet gerade an seinem ersten Buch, als er *ihr* begegnet, der Frau, die sich tief in sein Herz bohrt, ihn voranbringt, aber ihn auch auf eine Art und Weise verletzt, die ihn in den folgenden Jahren prägt. Er führt Beziehungen, die seinen Kern nicht mehr erschüttern können und dürfen, pendelt zwischen einem Job im »Spielzeugladen für Männer«, Bandprojekten und dem ganz alltäglichen Wahnsinn. Doch irgendwann erkennt er, wie er dieses Geflecht endlich fruchtbar machen kann.

Über den Autor

Key Pankonin, geboren 1962 in Berlin-Kaulsdorf, befasste sich seit frühester Jugend mit dem Schreiben von Texten und dem Komponieren von Songs. Er war Sänger und Gitarrist in den Bands Die Firma, Ichfunktion, Bunchaweirdos und The Ähh. Heute ist er Gitarrist und Sänger bei Eis10. Seinen Musikstil bezeichnet er als Trashfood-Punk'n'Roll. Anfang der 90er schrieb Pankonin sein autobiografisches Erstlingswerk »Keynkampf«.

Key Pankonin

NOVEMBERECHO

verlag am park

Schwarzes Licht fällt aus der Sonne
Morgentau liegt auf dem Tod
graue Schleier
Nebelschwaden
auf dem See ein morsches Boot
alt und müde
ächzt und stöhnt
einst so stolz
nun zerfressen von der Zeit
vergessen die Vergangenheit

Jasmin Eggert, Dezember 2005

Ich hatte diese Schmerzen. Sie fühlten sich so an, als würde einem jemand mit einem Beil in die Brust hauen. Gleichzeitig legte mir dieser Jemand die Grabplatte auf die Brust und drückte meine beiden Arme in braune, schmatzende Pampe.

Die Schmerzen kamen meistens, wenn ich im Begriff war, mich zu verlieben. Dann flammten sie auf und hinderten mich daran, etwas zu tun, das für andere Verliebte selbstverständlich zu sein schien.

Ich schnitt mir stattdessen mit Rasierklingen in die Unterarme, schrieb Texte für meine Band und genoss es irgendwie zu sehen, wie die jeweilige Frau, die ich bewunderte, in den Armen eines anderen verschwand.

Das hinderte mich nicht daran, ein gelegentliches Bad in den Armen einer Spielgefährtin zu nehmen, der die Fähigkeit, mich zu verletzen, fehlte. Das brannte nicht und schmerzte nicht.

Drei Tage in der Sonne

Eines Tages trat *sie* in mein Leben und vereinigte alle unerfüllten Träume in sich. Ich wurde zu einem Orchester und tönte in Dur und Moll, bis mir vom Getöse schlecht wurde. Ich wurde zum in Flammen stehenden Regenwald. Ich begann, ein Buch zu schreiben.

Ein Stapel mit Maschine getippter Seiten, von denen ich meistens maximal eine am Abend schrieb, war besser als gar nichts. Der Verlag, dem ich das Manuskript gezeigt hatte, lehnte zuerst ab, da tauchte sie wie zufällig erneut in meinem Leben auf und zeigte Interesse, zusammen mit mir an meinem Buch zu arbeiten. Außer meiner schon lange andauernden Schwärmerei für ihre Gestalt wusste ich eigentlich wenig von ihr. Zum Beispiel auch nicht von ihrer Fähigkeit, ein Buch auf die Welt zu bringen. Das studierte sie in diesen Tagen. Wir trafen uns im Café Village Voice – ich trank wie immer zu viel Kaffee, und zügig ging es in unserem Gespräch um die Liebschaften, in die sie sich hatte fallenlassen, nachdem sie und ihr Mann getrennte Wege in die neue Zeit gegangen waren. Ich hörte begeistert zu und ahnte, dass dies mein Abend sein würde. Ich schlug also vor abzuhauen, und sie fuhr mich in ihrem grünen VW Polo nach Hause. Vor der Tür umarmten wir uns zum Abschied. Dabei küssten wir uns zum ersten Mal.

Ich fragte, ob ich mit zu ihr kommen könnte. Sie fand es besser, gleich hier in die F9 zu gehen. Weil mein Lager zu klein war, gingen wir ins Zimmer nebenan, in dem ein zurzeit nicht benutztes Bett stand, und probierten es miteinander aus. Anschließend versuchten wir zu schlafen. Sehr bald stand ich auf, um ins andere Zimmer zu meiner Gitarre zu gehen. Ein Weilchen spielte ich auf der unverstärkten E-Gitarre und rauchte dazu, bis ich zu frieren begann. Anschließend kroch ich im verhallenden Koffeinrausch und vor Freude bebend zurück zu ihr ins Bett.

Als ich in dieser Nacht für ein oder zwei Stunden einschlief, träumte ich, ich würde in einem mit weißem, leuchtendem Wasser gefüllten Meer schwimmen.

Sie fuhr am nächsten Morgen zur Arbeit in eine Agentur in den Westen Berlins. Ich war zu glücklich über die zurückliegende Nacht, um das gleich unter der Dusche abzuwaschen. So trug ich den Geruch der vergangenen Nacht durch meinen Tag, der mich erst mal zum Postamt am Nordbahnhof führte. Abgesehen vom gerade erst angefangenen Manuskript war ich arbeitslos und kümmerte mich in diesen Tagen mit der gleichen Lust, die die meisten meiner Leidensgefährten verspürten, um meine Arbeitslosenpapiere.

Ich weiß nicht, wann sie mir nach dieser ersten Nacht gesagt hat, es würde bei diesem Abenteuer bleiben, jedenfalls grinste ich sie an und gab ihr einen Abschiedskuss. Zu diesem Zeitpunkt wäre es nicht schlimm gewesen, wenn sie nach einer so kurzen unwirklichen Anprobe keine Rolle als Geliebte in meinem kommenden Lebensabschnitt bekommen hätte. Trotzdem wollte ich mehr aus dem halb geöffneten Marmeladentopf naschen. Teils aus Spaß am Spielen, teils aus Stolz und Jagdtrieb.

Game start.

Ich wusste, es würde mir nie gelingen, sie zurück in meine Arme zu bekommen, wenn ich trauern oder ihr nachlaufen würde. Es ist bekannt, wie ähnlich die meisten Frauen Katzen sind, die fast nie kommen, wenn man sie ruft und bittet. Man beobachtet sie aus dem Augenwinkel und wartet, bis sie wieder im Bild erscheinen.

Es dauerte ein paar Tage, und ich war nicht sicher, ob es funktionieren würde, aber schließlich tauchte sie wieder in meiner unmittelbaren Nähe auf. Sie wohnte gleich um die Ecke bei einer Freundin. Sie besaß noch den Schlüssel zu einer Wohnung, in der sie bis wenige Monate nach der Wende mit ihrem Mann gelebt hatte. An dem Tag, als sie zufällig meinen Weg kreuzte, war sie wahrscheinlich auf dem Weg dorthin. Sie lief auf der anderen Straßenseite und sah in eine andere Richtung. Ich ging einfach weiter meines Weges und fragte mich, ob meine Strategie, sie zu ignorieren, funktionieren würde.

Ein paar Tage später lag ein Brief von ihr auf meinem Tisch in der F9, deren Wohnungstür nie abgeschlossen war. Darin stand, sie würde mich gern treffen, übers Jahresende würde sie nach New York fliegen, und es wäre doch so wenig Zeit.

Das Leben hatte zugeschnappt. Es gab diesen Abend im Village, wo es, weil ein gemeinnütziger Verein dort eine Werbeveranstaltung machte, freies Büffet gab. Eigentlich interessierte sie das nicht, aber schließlich tauchte sie doch gemeinsam mit ihrem Mann auf. Dieser Abend war schwierig für mich, weil ich mich in heiklen Situationen meist unterlegen fühle und abhaue. Dieses Mal wollte ich wissen, was geschieht, wenn ich bleibe. So unterhielt ich mich mit ihrem Mann, den ich fast genauso lange kannte wie sie. Er wusste, was passiert war, ohne ein Wort darüber zu verlieren. Wir unterhielten uns über die neue Geschwindigkeit des Lebens, und er sagte, er hätte geträumt, wie er mit seinem Auto weiter und immer weiter in eine weiße Unendlichkeit fährt.

An diesem Abend fuhr sie mich nach Hause in die F9, und nun begann ein größer werdendes Feuer zu brennen.

Es folgten ein paar wirklich gute Tage, an denen ich tagsüber an meinem Buch arbeitete, gelegentlich abgelöst von Mittagsruhen, in denen wir uns trafen, um miteinander zu schlafen.

Wie erstaunlich leicht war es zu dieser Zeit, sie anzuzünden, der Sex fand sozusagen von selbst statt. In diesen Stunden fühlte ich mich ausgefüllt, voller Frieden und Triumphe. Das war die Zeit, in der ich vorübergehend aufhörte, von anderen Frauen zu fantasieren. Während sie das Manuskript, an dem ich schrieb, durchblätterte, hielt sie meine Hand. Immer wenn sie eine Stelle darin fand, in der ich meine Liebe zu ihr nach außen getragen hatte, drückte sie meine Hand, lachte erfreut und fand das mindestens sehr neuartig.

Abends schliefen wir meist wieder miteinander, in der F9 oder in der Wohnung der Freundin. Als wir hier zum ersten Mal die Nacht verbrachten, versuchte sie sich darin, mir zum Frühstück Eier zu machen. Die Henne, die diese Eier gelegt haben musste, hatte längst ihr Leben abgelegt und war als kleiner Geflügelsalat im Palast der Republik geendet. Kann sogar sein, dass die Eier noch älter waren, aber wer wollte schon frühstücken, wenn einen das Leben mit purer Liebesenergie speiste?

Eine Zeit lang fuhr sie noch mit ihrem grünen Auto in den Westen, um dort zu arbeiten. Mit dem Chef der Agentur hatte sie vor einer Weile ein Verhältnis beendet, jetzt bekam er Probleme mit ihrer wachsenden Renitenz. Ich unterstützte sie darin, den Job aufzugeben, was natürlich deutlich weniger Geld und einen bescheideneren Lebensstil für sie bedeutete. Ihre erste Reise nach NY zu Laura nach Manhattan stand unmittelbar bevor. Laura kannte ich vom Sehen. Eine kräftige Frau mit stoischer Miene und langen, dicken blonden Haaren. Zunächst fand ich es faszinierend, eine Geliebte zu haben, die so weit in die westliche Welt fliegen würde. Sie hatte genug Geld zusammengespart, um dort einen Mac zu kaufen. Den wollte sie nach Berlin bringen, um damit zu arbeiten und das Layout für mein Buch zusammenzufügen. Bald war sie mit den Vorbereitungen für die Reise beschäftigt, und ich bekam den ersten Vorgeschmack von Trennung serviert, die mir von da an immer wieder bevorstehen würde. Ich hatte mir dafür die Strategie zurechtgelegt, nichts von ihr zu erwarten und nach außen kühl und auf alles vorbereitet zu wirken. Dieses »Schild« funktionierte so:

Im negativen Falle, wenn sie mich also verlassen sollte, wäre ich darauf gefasst, weil ich nichts anderes erwartet hatte. Im positiven, nicht erwarteten Falle würde sie zu mir zurückkehren und eine freudige Überraschung darstellen. Auf diese Art war von Anfang an jede umfassendere Trennung von ihr eine endgültige, und jedes Mal, wenn sie zurückkehrte, erhob ich mich wie Phönix aus der Asche.

So war von Grund auf alles unehrlich und falsch, trotz gelegentlicher später erfolgter Ausflüge in die Aufrichtigkeit, in denen ich ihr meine Spielmethode offenlegte.

Über Weihnachten und Jahresende würde sie zum ersten Mal in die aus Wünschen und Träumen erbaute Welt hinter dem großen Wasser fliegen. Die schöne, intelligente, junge Studentin aus dem Osten, aus der lange vorenthaltenen Welt. Ich war sicher, in NY würden sich die schönen Frauen gegenseitig auf die Füße treten. Ich war auch sicher, sie würde die Allerschönste von ihnen sein. Irgendwann würde sie für immer dorthin gehen. Was ich dann tun oder lassen würde, darüber wollte ich nicht nachdenken. Ich hatte im aufgehenden Prenzlauer Berg der Nachwendezeit auszuharren und fragte mich, wie ich die quälend lange Zeit bis zu ihrer Rückkehr verbringen sollte.

Ich überlegte, ob es gut wäre, eine andere Geliebte in mein Universum zu holen, um ihrem immer aufs Neue zusammenfantasierten Entweichen aus der für mich erreichbaren Welt schmerzärmer und möglichst triumphierend zu begegnen.

Am Tag ihres Abflugs brachte ich sie zum Flughafen. Sie sagte, sie würde mich am liebsten mitnehmen, und hatte mir in den letzten Tagen kleine Geschenke überlassen. Da waren die geisterhaften Abzüge mit ihrem Gesicht und ihren Händen darauf, die sie mittels eines Kopierers angefertigt hatte. Sie wirkten, als enthielten sie eine Essenz von ihr. Sie gab mir Geld, damit ich für den Rückweg ein Taxi nehmen konnte. Wir verabschiedeten uns, und ich ging, ohne mich umzudrehen.

Die folgenden Tage und Wochen bis zum Jahresende verbrachte ich mit dem Schreiben meines Buches und den Proben mit meiner Band. Um meinen Hals lag jetzt eine billige Messingkette, an der ein bewegliches Puppenauge hing. So ausgestattet erschien ich noch einige Male im Village. Der Prenzlauer Berg kam mir ohne sie leer vor, wie ein Feuerwerkskörper ohne Chemikalien.

Silvester spielten wir mit der Band irgendwo im Osten. Boxer, unser Schlagzeuger, spendierte ein bisschen LSD. Nachts ruhten wir alle in einer Garderobe hinter der Bühne. Ich konnte nicht schlafen und betrachtete das um meinen Hals hängende Puppenauge. Durch das vielmalige Auf-und-zu-Klappen des Auges während des Auftrittes auf der Bühne waren die meisten der künstlichen Wimpern kurz davor auszufallen. Ich schmiss das

Auge und die Kette weg und beobachtete, was das LSD mit mir veranstalten würde. Halluzinationen hatte ich keine, außer einer bananengroßen Farbschliere, die kurz an der Wand auftauchte. Mein Verstand begann, klarer und geometrischer zu funktionieren. Die Figuren, die vor meinem inneren Augenpaar erschienen, waren keine Halluzination, sondern Projektionen, die ich jederzeit verändern und umstrukturieren, wenn auch nicht ausschalten konnte.

Zurück in der Stadt wartete ich ungeduldig und sehnsüchtig auf Post von ihr. Als dann endlich der erste Brief in meiner Hand bebte, stand zumindest nichts Besorgniserregendes darin. Vorsichtig begann ich mich glücklich zu fühlen. Ich hatte eine schöne Freundin in NY.

Im neuen Jahr gingen die Arbeiten an meinem Buch weiter. Wie angekündigt stand zügig ein Computer mit Drucker bereit. Für eine Weile zog sie in die Wohnung einer Bekannten in der Knaackstraße, gegenüber der Kulturbrauerei. Ich versuchte, mich nützlich zu machen, und rollte weiße Farbe auf die Wände. Sie machte spöttische Bemerkungen über die Schludrigkeit meiner Arbeit, zu der ich wirklich kein Talent hatte. In diesen Tagen war mir aber so ziemlich jede Tätigkeit lieber als Schreiben. Ich hatte zu sehr genossen, die Hand ausdauernd im Honigtöpfchen zu haben und echtes, pures, friedlich machendes Glück zu schlecken. Natürlich wusste ich, wie unnatürlich es war, den unebenen, ungemütlichen Weg zu meiden und mich lieber im Himmel aufzuhalten, zumal ich langsam merkte, dass ich in diesem Himmel zuletzt alleine war. Was folgte, war ein lange und gründlich von meinem Leben inszenierter Trick, mich zur Räson zu bringen. Die Basisverletzung, die mich eine glückliche Zeit lang verschont hatte, nahm ihre Tätigkeit wieder auf, und mein Leben begann, mir wieder mehr Schmerzen zuzufügen.

Drei Tage im kalten Wasser

Wir hatten ein im wahrsten Sinne handgemachtes Büro. Auf einem Tisch gegenüber dem Computer gab es diese alte schwarze Schreibmaschine, an die ich mich jeden Abend begab, wenn sie an ihrem Rechner an kleinen Grafikjobs arbeitete, um Geld zu verdienen. Sie war so voller Energie, die ich so gern gebremst hätte. Ich schlug mich mit dem Inhalt meines Buches herum, während sie routiniert und mit heller Konzentration am Layout bastelte. Was sie da tat, war für sie nur eine Möglichkeit, jene Fertigkeiten zu trainieren, die sie in bedrückend naher Zukunft in einer für mich nicht erreichbaren Welt brauchen würde. Wir waren zwei Songs, deren Tonarten nur zufällig eine Weile zueinanderpassten. Zwei grundverschiedene Kompositionen, die solange miteinander harmonierten, wie die Tonart nicht geändert wurde. Molekülweise sah ich sie Klick um Klick in die andere Welt entweichen. Dabei legte sie eine Unermüdlichkeit an den Tag, die sichtbar an ihren Kräften nagte. Abends, auf dem Rückweg durch die von dickem, pappigem Altschnee gewaschene kalte Luft in der Metzer Straße, hielt sie sich die Hände vor die schmerzenden Zähne und wimmerte leise. Ihre Zähne waren soweit in Ordnung. Dieser Schmerz kam aus einer anderen Richtung. Sie war an ihre Grenze gelangt. Ihre metallisch blauen, weit offenen Augen nachts vor dem Bildschirm des Mac blickten durch den Bildschirm hindurch in eine unbestimmte Zukunft. An einem jener Arbeitsabende hatte ich beschlossen, mit dem Schreiben des Buches für diesen Tag Schluss zu machen, und ging zu ihrem Stuhl, um meinen Kopf auf ihren Schoss zu legen.

sie sagte, sie fände das schön, und streichelte mich wie eine Katze mit einer Hand, während sie Klick um Klick weitere Abschnitte der endgültigen Entfernung absolvierte.

Ein Untermieter zog ein. Im Zimmer, in dem wir schliefen, stand ein Stapel mit beschrifteten Kartons. Der Bekannte aus der Agentur klang bayerisch und half ihr freundlich dabei, den Mac für größere Datenmengen zu konfigurieren. Jetzt gab es eine Zipdrive-Erweiterung und mehr Software. Ein zweiter Schreibtisch tauchte auf und so ein schlankes, modisch in Schwarz getauchtes Türmchen mit Schubfächern aus Blech. Es gab die Stunde, in der ich versehentlich das gesamte Wochenergebnis meiner Geliebten gelöscht hatte. Ich rief bei ihr in der Agentur an, und eine halbe Stunde lang hörte ich hilfsbereite Anweisungen auf Bayerisch, wie ich das Problem lösen sollte. Ich fuhr nervös und unkonzentriert über die Tastatur und klickte mich in die unterste Kelleretage des Mac, wo ich mich vollends verirrte. Sie trug die Aussicht, alles noch einmal aufzuarbeiten, mit freundlicher Gelassenheit. Tage begannen, an denen wir früh morgens aufstanden. Sie fuhr in die Agentur, ich war müde und schlecht gelaunt wie lange nicht. Die Aussicht, einen weiteren Tag im Knaackstraßengefängnis vor den endlosen Korrekturen zu verbringen, die sie für mein Buch mit roten Wellenlinien vorgeschlagen hatte, ließ mich protestieren.

Bevor wir uns an solchen Tagen bis zum Abend trennten, kaufte sie Frühstück bei Kaiser's am Teutoburger

Platz. Dillkäse für sie und Mürbeteigecken für mich. Dazu zwei Tafeln billiger Schokolade. Ich hatte in diesen Tagen so gut wie nie eigenes Geld für Zigaretten. Sie kaufte jeden Tag eine Schachtel mit neunzehn Stück und teilte mir zehn davon zu. Ich hatte noch meine Wohnung im Hochhaus am Stadtrand, und eines frühen Nachmittags, als das Arbeitsgefängnis in der Knaackstraße mit all seiner Leere und eifersüchtigen Trostlosigkeit über mir zusammenzubrechen drohte, floh ich, um in meiner Wohnung im Plattenbaugebiet zurück an den Nullpunkt zu gehen. Auf dem Weg dorthin musste ich auf dem Bahnsteig in der Warschauer Straße eine Weile bei schlechtem Wetter auf die S-Bahn warten. Ich schlich um die Papierkörbe herum und steckte mir Zigarettenkippen ein.

Solange ich mich bewegte, also umherlief oder fuhr, war meine Situation annehmbar und einigermaßen schmerzarm. Kaum aber war ich in meiner Wohnung angelangt, erreichte mich mit kleiner Verzögerung meine persönliche Hölle und begann, das Innere meiner Brust zu umklammern. Ich legte mich aufs Sofa und steckte mir eine der vier Kippen an, die ich auf dem Bahnsteig zusammengesucht hatte. Ich zog den Vorhang zu, löschte das Licht und ritzte mir mit einer Rasierklinge die Haut über der linken Pulsader an. Es war ungefährlich, weil der Schnitt nur etwas über einen Millimeter tief und quer zur Ader verlief.

Es blutete. Ich schloss die Augen und stellte mir vor, wie es wäre, jetzt zu sterben. Frieden zog ein, ich war zurück an die Flatline gelangt, von der ab es nur noch aufwärts gehen konnte.

Ich dachte an meinen Bruder, der wenige Jahre zuvor einen langsamen Tod gestorben war. Wenn ich recht hatte, war ihm ungefähr das Gleiche zugestoßen. Der Unterschied war, dass er mit dem Trinken von hartem

Alkohol seine negativen Energien betäuben wollte, anstatt sie auf sich wirken zu lassen und zu erforschen, was sie bedeuten.

Ich lag in der Wohnung, in der er gewohnt hatte, und befand mich in einer ähnlichen Situation wie er damals.

Was als harmloses, unbeschwertes Leben begonnen hatte, mischte sich mit alltäglichen Belanglosigkeiten. Schnell verschwanden Leidenschaft und Gluthitze aus unseren Umarmungen, und der schwindende Rest förderte geschmacksarme Routine zutage. Sie begann, sich mir zu entziehen. Neben ihrem mich mit der Süße schwerer Samtvorhänge betäubenden Körper begann ich, ihre Seele zu entdecken, die selbstbewusst auf mich einstrahlte.

Mit dieser Seele hatte ich nicht gerechnet. Ich konnte diesen Teil ihrer Persönlichkeit nicht für mich gewinnen. So trat ich einige Male den Rückzug an.

Ich erinnere mich nicht mehr genau, wie oft und unter welchen Umständen ich mich in der folgenden Zeit von ihr getrennt habe. Es gab diese Zeit, wo sie müde von ihrem Job in die Knaackstraße kam, meine tagsüber gemachten Korrekturen am Buch durchsah und dann erklärte, dass sie ins Bett gehen wolle. Ich hatte den ganzen Tag auf sie gewartet und Viertelstunde um Viertelstunde gezählt. Ich wollte zu ihr, und sie sagte, ich solle ruhig noch ein Weilchen weiterarbeiten. Der unerträglichste jener Abende begann, als sie sich mit zu ihrem Untermieter ins einzige Bett legte, während ich vierundzwanzig Zentimeter Ziegelwand entfernt vor dem blinkenden Cursor saß und Höllenqualen ausstand. Im Laufe dieses endlos scheinenden Abends fluchte ich immer lauter und flüchtete zurück in mein Zimmer in der F9, in dem ich bei Freunden zur Untermiete lebte, auf halbwegs neutrales Gebiet.

An anderen Abenden konnte ich sie nach ihrer Rückkehr von ihrem Job zum Sex überrumpeln. Meine anschließende Zufriedenheit und der Triumph waren nur noch von sehr kurzer Dauer. Mir wäre es recht gewesen, gleich im Bett zu bleiben und die Nacht früher zu beginnen. Doch ich bemerkte, wie schon wenige Augenblicke nach dem Moment der mehr oder weniger gemeinsamen Erlösung ihre Beine unter der Bettdecke zu zucken begannen. Sie stand auf, um nebenan in der ausziehbaren Küchenbadewanne die Spuren unserer Gemeinsamkeit abzuwaschen. Anschließend zog sie sich um, um auszugehen. Sie kämmte ihre Haare, schminkte ihren Mund und verließ nach einem flüchtigen Abschiedskuss mein Gefängnis. Ich begann, mich ausgeliefert zu fühlen, und spürte meinen Junkie-artigen Entzug von ihr sofort doppelt und dreifach. Ich sah auf meine letzten drei Zigaretten und machte erst mal Kaffee in der Schnellfilterkanne, die sie kurz zuvor gekauft hatte und die die Wohnung nun ein nahezu perfektes Büro werden ließ. Das dauerte nicht lange genug, um wirklich Zeit totzuschlagen.

Ich setzte mich also zurück an den Computer und starrte auf die Korrekturen, die sie auf den Ausdrucken gemacht hatte. Die nicht enden wollenden Anmerkungen mit trotz der Eile sorgfältig mit rotem Kugelstift gemachten kleinen Sätzen und Wellenlinien an Stellen meines Manuskripts, die mir nicht gut gelungen waren.

Es gab andere Zeiten beim Schreiben des Buches, in denen ich mit Besessenheit und ohne den Wunsch nach einer Pause arbeitete. Der Verlag, der das Buch zunächst abgelehnt hatte, bekundete schließlich Interesse an einer kleinen Auflage. Meine Verlegerin bot mir an, an einem freien Platz im Verlag weiterzuschreiben. Dort gab es einen Mac Classic, den ich mit wenigen Unterbrechungen den ganzen Tag benutzen konnte. Hier war ich ebenfalls auf neutralem Gebiet und wieder Herr meiner Handlungen. Es tat gut, jeden Morgen zu einer festen Zeit mit der U-Bahn nach Mitte zu fahren, und ich genoss es sehr, mit meinem Walkman im Zug zu sitzen, Musik von BSG oder Leatherface zu hören und den letzten Ausdruck des Manuskripts durchzusehen. Ich hatte eine Dreieinhalb-Zoll-Floppy-Disk mit den Teilen meines Buches darauf. Die Diskette gab mir das Gefühl, mich mitten in der technologischen Gegenwart zu befinden.

Einen der Abende, an denen ich am Buch tippte, dehnte ich absichtlich länger als sonst aus. Ich wollte wenigstens dieses Mal sie auf mich warten lassen. Als ich spätabends in der F9 die Tür aufmachte, kam mir meine Mitbewohnerin entgegen und sagte, dass sie schon eine ganze Weile auf mich warten würde.

Ich ging durch den Flur in den hinteren Teil der Wohnung, wo ich mein Lager aufgeschlagen hatte. Sie kam mir mit Bächen von Tränen im Gesicht entgegen und umklammerte mich so heftig, dass der Bügel von meinem Walkman-Kopfhörer zerbrach. Mit lange entbehrter Intensität zogen wir einander aus und gingen gemeinsam in diese Nacht.

Der Abgabetermin für das Buch rückte näher. Beim Layout stimmte ich den meisten ihrer Ideen zu. Sie hatte große Pläne und machte den Vorschlag, aus meinem Verlagsvertrag auszusteigen und mehr aus meinem Buch zu machen. Ihr Mann kam vorbei und unterstützte diesen Plan.

Ich hatte nicht vor, dem Verlag, der schließlich meinen ersten Versuch, in dieser Stadt etwas zu veröffentlichen, freundschaftlich und experimentierfreudig unterstützt hatte, das Resultat zu entziehen. Obwohl sie einen sehr großen Anteil am Werden dieses Buches hatte, begann ich, ihr und der Welt, in die sie mit äußerster Entschlossenheit gelangen wollte, etwas entgegenzusetzen.

Die Eifersucht auf jeden, mit dem sie zu tun hatte, plagte mich immer. Ich war eifersüchtig auf den Mann, mit dem sie zusammen im Verlag die Bilder für mein Buch einscannte. Er konnte Zeit mit ihr verbringen und in einer gemeinsamen Sprache mit ihr reden, von der ich wenig verstand. Zusätzlich plagte mich Neid, als ich kurze Zeit später neben ihr am Tisch mit meinen Verlegern saß und sie über ihr verdientes Honorar fürs Layouten unseres Buches verhandeln hörte. Ich hatte auf ein Honorar fürs Schreiben verzichtet.

Schließlich war das Buch fertig. Bei der ersten offiziellen Lesung in der Möwe lud ich einen Musiker ein, den ich durch meine Arbeit im Verlag kennengelernt hatte, mit seiner Band zu spielen. Ich würde sie sogar bezahlen können. Für mich gab es einen Vertrag und gute Gage für diesen Auftritt. Nun war auch ich im Begriff, die Ernte für die getane Arbeit einzufahren. Beim Umblättern des Manuskripts auf der Bühne stieß ich auf kleine Zettelchen, auf denen sie Ermutigungen für mich verfasst hatte. Unser Buch begann jetzt, ein Eigenleben zu entwickeln. Es folgte Lesung um Lesung. Ich las auf der Leipziger Buchmesse am Tag nach einem Konzert meiner Band, das nur wenige Kilometer entfernt am Abend zuvor stattgefunden hatte. Wieder bekam ich gutes Geld. Sehr viel Gutes passierte. Berlin gehörte jetzt uns, den Independent-Musikern und sonstigen Akteuren, die im Schatten des untergegangenen politischen Ostens gewirkt hatten.

Es gab ein Treffen zu einer abendlichen Sendung auf Rockradio B, in der ich zusammen mit den Jungs aus meiner Band alles Zurückliegende für jeden Interessierten verdichtet hatte. Wir spielten Musik von uns und befreundeten Bands, Experimentalaufnahmen von mir, von denen ich mir nie erträumt hätte, sie würden eines

Tages die Grenzen meiner oftmals so überschaubaren Welt durchstoßen.

Plötzlich war Geld da. Für andere Leute wahrscheinlich eine kleine Summe. Für mich war es ausreichend, um mir einen Wunsch zu erfüllen und mit ihr zusammen nach NY zu fliegen. Wir würden bei ihrer Freundin in Manhattan unterkommen. Ich brauchte mich also nur um die Flugtickets zu kümmern. Der Sommer rückte Woche um Woche näher. Einen Tag vor meinem Geburtstag begann sie für mich überraschend, einen Kuchen zu backen, und da wir uns wie meistens zu dieser Zeit stritten, hatte ich keine Ahnung, dass dieser Kuchen für mich war.

Kurze Zeit später saßen wir im Taxi Richtung Flughafen Tegel und waren gemeinsam auf dem Weg in die große Stadt. Ich hatte dieses Buch von Henry Miller, das sie mir zum Geburtstag geschenkt hatte, im Handgepäck. Ich bekam wieder dieses Gefühl, wie falsch alles war, als ich sie den Taxifahrer über Bordells ausfragen hörte. Sie war laufend dabei, Storys aus anderen Leuten herauszukitzeln, die sie für ihre selbst gegründete Zeitung brauchte. Als der Taxifahrer sie fragte, was sie arbeiten würde, log sie. Gegen Lügen hatte ich wenig einzuwenden, diese ganze Geschichte hier funktionierte ja auch nur mit einer großen Portion Betrug und Selbstbetrug. Aber wenigstens folgte ich der Maxime, man sollte Lügen nicht ohne besonderen Grund verschwenden.

Bald saßen wir in der TWA-Maschine, um den Flug übers große Wasser zu beginnen. Ich starrte fasziniert auf die Geovisionsanzeige des Flugzeugs, trank Kaffee und vermisste den Rauch verbrennender Tabakblätter in meiner Lunge. Über dem Wasser drückte ich das Gesicht gegen die Fensterscheibe, um an den riesigen, zusammengeschraubten Tragflächen der Maschine vorbei einen Blick auf den Atlantik zu werfen. Wir flogen in einer riesigen Schüssel aus puddingartigen Wolken mit einem himbeersaftfarbenen Rand aus von sterbendem Sonnenlicht geröntgten Wasserdampfkreationen. Ganz unten zwischen den Wolken auf der blauen Oberfläche des Atlantiks trieben weiße Fetzen aus Eis auf der Suche nach einer neuen Titanic. Wir aßen gelbe Bröckchen aus Geburtstagskuchen und deckten uns mit TWA-Stoffquadraten zu.

Gotham zog ihre Persönlichkeit komplett zu sich und von mir weg, als wir mehr als die Hälfte des Weges zurückgelegt hatten. Geschäftig, mit weit offenen Augen, begann sie, mir kurze Anleitungen für unseren Empfang in der Stadt vorzutragen. Wahrscheinlich würden wir auf Partys sein, und auf jeden Fall würde ich es mit den Leuten zu tun bekommen, die sich zusammen die Wohnung ihrer Freundin in Manhattan teilten. Ich sollte mich gefälligst wie ein Mann von Welt benehmen.

Die Eifersucht auf den Ort, den ich gleich sehen würde, fraß an meinem Ego wie heißes Wasser an einem Zuckerhut.

Einen stumpfen Druck in den Ohren und zwei eilig ausgefüllte Einreiseformulare in Weiß und Grün später setzte die Nase des Flugzeugs zur Landung in NY-JFK an. Noch ein letztes Mal drückte ich mein Gesicht an die Fensterscheibe und sah jetzt den endgültigen Beweis dafür, dass uns das zurückgelegte mehrstündige Dauergeräusch der 747-Antriebe an einen anderen Ort und in eine andere Zeitzone versetzt hatte. Unter einer zerfetzten Wolkendecke raste die rasch größer werdende Postkarte NY auf uns zu, bis sie kurz zu Teilen der bezahlten Skyline und schließlich rasendem Stillstand wurde.

Vor dem Flughafen wartete Laura auf uns. Wir standen einige Minuten zwischen den langen Autos, und ich rauchte endlich eine Zigarette. Kurz bevor wir ins Taxi stiegen, hielt mir ein Bettler ein gedrucktes Kärtchen vor das Gesicht und öffnete seine rechte Hand. Ich kramte in meiner Hosentasche, fand aber nichts außer ein paar Münzen, die erst wieder bei meiner Rückkehr nach Berlin etwas wert sein würden. Ich streute sie in die Hand des Bettlers, und der zog enttäuscht weiter.

Das Taxi quietschte die vorgeschriebenen sechzig Meilen pro Stunde in Richtung Manhattan. Die Fotokulisse eilte stetig frontal auf uns zu, bis wir für einige Minuten in einen Tunnel huschten. Auf dem mittleren Begrenzungsstreifen der Straße lag ein weggeschmissener Autoreifen und gab sich alle Mühe, meinen Erwartungen von dieser Stadt zu entsprechen.

Bald standen wir vor dem Mietshaus in der Nähe des East Rivers, wo wenige Schritte entfernt der Holland Tunnel jede Minute Neugierige und Abgebrühte auf die Insel spie. Hier kreuzten sich mehrere spitz aufeinander zulaufende Straßen, auf die von einem knapp unter ein Dach gehängten Werbeplakat ein junges, paarungsbereites Frauengesicht lächelte.

In Lauras Wohnung saß ein aus Armenien stammender ehemaliger Lehrer mit behaarten, Kater-Karlo-mäßigen Unterarmen und redete nach der Begrüßung in einem küchenmixerartigen Tempo davon, dass seine Liebste ihn kürzlich verlassen habe, um im gleichen Atemzug das Thema zu wechseln und von seinem hier in der Stadt verdienten Geld zu erzählen. Er nannte die Dollars »Bugs«, mit denen er einen guten Teil des restlichen Frühabends füllte. Dann verschwand er in seinem Zimmer, um seine Trauer über den Verlust seiner Freundin mit dem Hören von Erinnerungsmusik zu verschlimmern. Der Boden für mein persönliches Drama war nun bestens vorbereitet.

Der Grund für meine beginnende Einsamkeit begab sich ausgiebig ins Badezimmer und kam nach einer gefühlten Ewigkeit aufgeweicht, ein bisschen tropfend und schön wie die Sonne wieder zum Vorschein. Ihr war nichts anzusehen von Jetlag oder sonstiger Erschöpfung. Hier war eine weitere Tausend-Volt-Batterie, fertig, sich anzuschließen, um die Insel, die niemals schläft, noch etwas mehr surren zu lassen.

Wir machten einen Spaziergang um die Ecke durch den bunt beleuchteten, leicht schwitzenden Dunst aus Knoblauch, Urin und Putzmitteln bis zu einer Schlagader nächtlichen Flanierens. Jetzt befanden wir uns auf der Canal Street. Bis zu allen vier Horizonten waren sexy gekleidete junge Leute von siebzehn bis neunundzwanzig Jahren mit dem Umverteilen von Waren jeglicher Art beschäftigt. Stapel von Bugs verkleinerten sich hier, vergrößerten sich da, und es wäre jetzt schön gewesen, all die Geräusche von Motoren und schnatternden Teen- und Twenmündern um ein paar Dezibel abzusenken, um das allgegenwärtige Knistern der Banknoten in den Vordergrund zu holen. Die grüne, verschwitzte Dollarnote – das Blut von Gotham.

An einem Stand, an dem Regenschirme, Baseballcaps mit Malcolm-X-Zeichen darauf, Ventilatoren, Militärjacken und Turnschuhe verkauft wurden, fand ich ein an einer Schnur aus Leder baumelndes Gelatinehologramm. Es war durchsichtig, ein gelbgrün-orangenes vielmaschiges Gitter leuchtete darin und brachte mich dazu anzuhalten. Das emsig lange Sätze in Landessprache schnatternde Laura-Girlfriend-Molekül war kaum davon zu überzeugen, einen Moment stehen zu bleiben, damit ich meinen Einkauf inspizieren konnte. Schon liefen sie, abwechselnd aufgekratzte Oh-my-god-Rufe ausstoßend, zehn Meter von mir entfernt immer weiter die Straße hinauf, und ich fragte mich, ob ich umkehren sollte.

Ich hatte geplant, für etwa eine Woche in der Stadt zu bleiben. Ich hielt es drei Tage aus.

Eigentlich wartete ich immer nur ungeduldig auf den Abend, auf die kurzen Viertelstunden bis zum Einschlafen, in denen ich sie wenigstens für ein Weilchen in die Arme nehmen konnte. Mehr war nicht drin, weil wir zusammen mit Laura in einem Zimmer schliefen. Ich wurde immer ungeduldiger. Ich wollte den Beweis, dass sie noch zu mir gehörte. Am zweiten Abend gingen wir zu dritt essen, und wieder teilte ich die endlosen Stündchen in erträgliche Viertel und wartete darauf, sie für mich allein zu haben. Nach dem Bezahlen der Rechnung für italienisches Essen war ich fällig für den Nachhauseweg, aber sie vollführte wie aufgezogen Kreise mit ihren Prinzessinnenarmen und plauderte angeregt mit Laura. Ich sagte, ich würde gern zurück in die Wohnung gehen, und da sonnenklar war, dass sie nicht mitgehen würde, gab mir Laura den Schlüssel. So war ich wenigstens allein.

Am Morgen danach saß ich in der zu einer Kochnische umgebauten Ecke im hinteren Teil des Zimmers auf einem Barhocker und rauchte wie besessen Zigaretten ohne Filter. Dazu trank ich Unmengen von Kaffee und machte Notizen auf einem aus Berlin mitgebrachten Stapel Papier. »Hoffnungsvoller Writer in NY« – haha! Wie an eine Rettungsboje geklammert, wütete ich Buchstabe um Buchstabe aufs Papier, und da mein gesamtes denkendes Gefühlsleben von einer größtenteils selbst gebauten Hölle paralysiert war, beschrieb ich die Kücheneinrichtung, statt wenigstens aus dem Fenster zu sehen und darüber zu schreiben.

Dabei beobachtete ich sie aus dem Augenwinkel und wartete auf die rarer werdenden Momente, in denen sie zu mir herüberkam, um mir lächelnd die Hand auf die Schulter zu legen. Absichtlich zuckte ich dann jedes Mal zusammen und drückte mich weiter in meine Ecke. Ich war ein richtiger Kotzbrocken und beschloss in diesen Minuten, wenigstens ein kleines Drama zu inszenieren und früher als geplant abzureisen. An diesem Vormittag fuhren wir mit Laura und ein paar anderen mit der U-Bahn nach Coney Island. Ich setzte mich einen Platz von ihr und den anderen entfernt.

Kurz hinter Manhattan hob sich die Nase des silbernen Zuges zurück auf die Erdoberfläche, rauschte an einem Wellblechzaun vorbei und gab die Sicht auf einen großen Teil Brooklyns frei. Abwechselnd drückte ich das Gesicht an die Fensterscheibe und sah nach unten auf meine Hände, wo mein Hologrammanhänger leuchtete und die Sicht in eine andere Welt freigab. Der letzte Stopp, bevor die Füße der Stadt ins Atlantikwasser tauchten, war ein zu einem Rummelplatz umgebauter langgezogener Küstenstreifen mit Riesenrädern, einem stillgelegten Fallschirmsprungturm und Verkaufsständen für Fritten und Süßigkeiten in so ziemlich allen Ausdehnungen. Wir gingen die Treppe der Station hinunter, die trotz des trüben Wetters nach Badesaison und Urlaub roch, vorbei an einer stillgelegten Achterbahn aus Holz, und waren nach wenigen Schritten am Atlantik.

Hier ging es mir zum ersten Mal seit unserer Ankunft gut. Die in frischen Wogen heranströmende Luft stürmte in meine vom zu vielen Rauchen zusammengefalteten Atemwege und verwandelte einen Teil des gehetzten Tieres in mir in einen großen Vogel. Ich unterhielt mich mit einem jungen Typen aus Deutschland, der zu unserer Miniausflugsgruppe gehörte. Diesmal lief ich zehn Meter vor ihr und den anderen.

Laura führte uns zu einer parallel zur Wasserlinie verlaufenden Einkaufsstraße, die uns zurück zur U-Bahn-Station brachte. Dieser Teil Brooklyns wurde wegen der vielen hier wohnenden Russen Little Odessa genannt. Wir betraten einen Laden, um geschnittenes Obst und etwas zu trinken zu kaufen. Es gab hier zwei Schlangen, um zu bezahlen. Eine für normale Leute mit grünen Banknoten. An der anderen Schlange bezahlte man mit Essenmarken vom Sozialamt.

An einem der Abende in Manhattan sollte eine Party in Lauras Wohnung stattfinden.

Eine Freundin hatte mir kurz vor unserer Abreise die Telefonnummer von einem Musiker gegeben, der aus der DDR stammte und in einem New Yorker Hotel wohnte, um hier Musik zu studieren. Ich rief ihn an, und er lud mich für diesen Abend ein, ihn im Henry-Hudson-Hotel aufzusuchen, um anschließend mit ein paar Leuten nach Harlem zu fahren. Im Club La Famille war für diesen Abend eine Jamsession angekündigt, auf der meine neue Bekanntschaft trommeln würde.

So machte ich meinen ersten Ausflug auf dieser Insel ohne ihre Begleitung. Mit vielen guten Ratschlägen von Laura und den anderen New Yorkern ausgerüstet. Ich lief rüber zur Spring Street, und nachdem ich eine Token genannte gelochte Blechmünze aus dem Fahrkartenautomaten gezogen hatte und glücklich durch das Drehkreuz auf den Bahnsteig gelangt war, stellte ich fest, dass ich auf die andere Seite musste. Also hetzte ich fluchend, mit kochendem Blut und rasendem Atem zurück an die Oberfläche auf die andere Seite der Straße und die Treppe hinunter. Der Zug aus altem Aluminium raste laut schnaufend aus dem Tunnel ans Kunstlicht des Bahnsteiges, und ich war in dieser Stadt jetzt auf mich allein gestellt. Raus am Central Park West, vorüber am Museum of National History und dann abgebogen, die Straße hinunter, vorbei an mehreren Hotels und schließlich hinein ins Hudson. Ein Türsteher meldete mich dem Musiker telefonisch an, und kurze Zeit später saß ich auf einem Stuhl in einem winzig kleinen Zimmer.

Der Musiker hatte sich gerade auf dem Bett ein paar belegte Brote geschmiert und lud mich ein, mit ihm zu essen. Anschließend ging es nach unten, wo ein paar andere Leute im Taxi auf uns warteten, um vorbei an Autosalons und den kühlenden Lichtern der anbrechenden Nacht nach Harlem zu fahren. Vor dem La Famille standen ein paar Leute und unterhielten sich rauchend. Ein Blick durch die geöffnete Tür des Clubs zeigte, dass wir par Importe aus einer gemischten anderen Welt weit und breit die einzigen Weißen waren. Auf einem Podest, das sich auf der linken Seite des Clubs gleich hinter der Tür befand, war eine winzige Bühne aufgebaut. Es gab ein Schlagzeug, ein Mikrofon und ein paar uralte, mit silbernem Geiselnehmertape geflickte Verstärker, aus denen der La-Famille-Sound dieses Abends strömte. Ein würdevoller Mann mit faltigem Hals und krausen grauen Haaren stand auf der Bühne, schnippte mit zwei Fingern der rechten Hand und hielt mit der linken das Mikrofon kerzengerade unter sein Kinn. Dann senkte er den Kopf, lächelte kurz an der Bar vorbei in den ins Innere des Raumes führenden Gang und stellte mit einem respektvollen »Ladies und Gentlemen!« die Band vor.

Wir bekamen einen Tisch zugewiesen, tranken, rauchten und sahen auf die Musiker, die sich neben der Bühne zu einer Schlange formiert hatten, um an diesem Abend für ein Weilchen mit der Band zu spielen. Einer wippte mit dem Oberkörper und trommelte mit Holzstöcken gegen seine Beine. Ein anderer umschloss mit den Lippen vorsichtig das Mundstück seines Saxofons und testete permanent die Gängigkeit der im Zigarettenrauch mattgold glänzenden Knöpfe seines Instruments.

Ich dachte an sie und zählte die Viertelstunden, bis eine angemessene Zeit verstrichen sein würde und ich sie auf der Party in Manhattan anrufen könnte. Als ich es schließlich tat, war sie reserviert und abgelenkt. Kaum hatte ich den Hörer zurück auf die Gabel des ein bisschen nach Schweiß riechenden Münzfernsprechers gehängt, bereute ich es schon, angerufen zu haben.

Der Bandleader kam an unseren Tisch, um ein paar Hände zu schütteln und kurz mit meinem Landsmann, dem Schlagzeuger, zu sprechen. Als ich mit Händeschütteln dran war, fragte mich das faltige Zentrum der Band, was für eine Art Musik ich spielen würde. Punkrock, sagte ich. Er drückte meine Hand und lächelte.

Kurz darauf saß mein Landsmann am Schlagzeug zwischen all den voller Würde und kindlicher Einfalt groovenden Musikanten und trommelte sich mit hochgekrempelten Ärmeln in den Himmel. Vor dem Hintergrund meiner schmerzhaften, endlose und lähmende Kreise ziehenden Basisverletzung begann ich, mich wohlzufühlen. Ich begann zu denken, dass diese abendliche Session hier im La Famille der eigentliche, von meinem Leben gewollte Grund für mein Hiersein war. Hier war ich unter Musikern, in einer Welt, in der ich mich auskannte. Meine negativen Gefühle begannen, sich in der improvisierten Musik aufzulösen.

Es war schwer, mitten in der Nacht in Harlem ein Taxi zu bekommen. Die meisten rasten einfach an uns vorbei, bis sich schließlich doch ein mit russischem Akzent sprechender Glatzkopf bereit erklärte, uns zurück in den südlichen Teil der Insel zu bringen.

Sie zog mich am nächsten Vormittag durch die 5th Avenue, um dort nach Klamotten zu gucken. In jedem Laden roch es nach unerreichbarem, quälendem Sex. Ich stellte mir all diese aufreizenden Kleidungsstücke aus synthetischen Molekülen an ihrem vor Leben sprühenden, so unendlich weiblichen Körper vor, und neunzig Gramm Schwarzpulver zerknallten in meiner unteren Etage. An einigen Regalen war sie achtlos vorbeigehuscht, und schon stand sie mit einem anderen, etwas weniger aufregenden, aber raffinierten Stück organischen Materials in der Hand vor einem Regal. Ich hatte keine Ahnung, was sie da machte und warum sie mit der gleichen Sicherheit an dem einen Stück vorbeilief und dem anderen kurz ihre Aufmerksamkeit schenkte.

Dann ging es zum Central Park, ins Guggenheim und ins Metropolitan Museum. An den meisten Bildern und Skulpturen ging ich teilnahmslos und ungeduldig vorbei. Hätte man hier rauchen können, so hätte ich an diesem Tag mehr Tabakrauch als Luft geatmet. Da das nicht ging, warf ich gelegentlich einen Blick auf einzelne Ausstellungsstücke. Da gab es diesen Konzertflügel an der Decke des Museums, genau über der geringelten Gangway. Das Instrument hatte man kopfunter an der Decke befestigt und mit einem die Zeit zählenden Mechanismus verbunden. Zur vollen Stunde öffnete sich der Deckel des Flügels, es klimperte gewaltig, und schließlich lösten sich nacheinander die Tasten jenes schwarz lackierten Klassikgenerators und baumelten an Drähten wie an Därmen aus Metall. Dieses Ungetüm mochte ich sehr. Mir gefiel auch ein über alle Etagen des Gebäudes führendes System aus durchsichtigen, miteinander verbundenen Röhren, durch die laufend Quecksilber gepumpt wurde.

Am nächsten Morgen tutete mich ein riesiger Truck aus dem Schlaf. Sie war wie immer Hunderte von Augenblicken vorher aufgestanden und saß geduscht und nagelneu vor dem schwarzen Schiebefenster und blickte auf die vereinzelten Wasserbehälter auf den Dächern von Tribeca. Auf dem Tisch stand frisch angesetzter Kaffee, der bei dem nervösen, sich durch immer heftiger werdende Attacken von Liebeskummer in nahezu vollständiger Auflösung befindlichen Stadtneurotiker, der ich war, als vorläufiges Antidepressivum wirkte. Mit jeder Menge Zinsen, die mich am Nachmittag bei einem Spaziergang mit ihr zur stockenden Einsilbigkeit verdonnerten. Während wir im Central Park umherliefen, um einen Platz zu finden, an dem zwei sich verstecken können, um wenigstens kurzzeitig allein zu sein, stierte ich auf den Sand vor meinen Füßen. Sie fragte mich, woran ich gerade denken würde.

»Ich denke gerade, dass es vorbei ist«, sagte ich und registrierte traurig aus dem Augenwinkel, wie sie schnell nickte, ohne auch nur den geringsten Versuch einer Gegenwehr zu machen. Ich hatte gehofft, eine Reaktion von ihr zu bekommen, die diesem zu klammer, appetitloser Trauer zerfließenden Nachmittag eine andere Richtung geben könnte. Da ich diese Hoffnung enttäuscht fand, sagte ich, dass ich früher als geplant abreisen wolle. Nun offensichtlich betroffen, protestierte sie, aber jetzt gab es für mich keine andere Möglichkeit, als diesen sich vor mir öffnenden Abgrund ganz nach unten zu gehen.

So führten uns die kommenden Schritte bald zurück in Lauras Wohnhaus, um meinen Pass und mein Flugticket zu holen. Wie in einem Traum lief ich neben ihr her auf einer Straße im Süden Manhattans, unter einer Walze aus Edelstahl hindurch, um die sich die Spiegelbilder vorbeifahrender Autos wickelten. Bald standen wir auf der langen Rolltreppe, die ins Untergeschoss des WTC führte. Das Gebäude atmete Macht und von Menschen in weißen, kurzärmligen Hemden geschaffene Größe.

Noch vier Leute vor uns am Schalter der Fluggesellschaft, dann drei, dann zwei. Sie tastete, während wir warteten, nach meiner Hand und drückte sie. Ich begann, mich immer lebloser zu fühlen, wie abgeschlagenes nasses Holz.

Berlin-Tegel wirkte bei meiner Rückkehr wie ein von verwöhnten kleinen Gören stehengelassenes Puppenhaus auf mich. Meine Stadt sah plötzlich so klein aus, so übersichtlich und ohne sie so leer. Es gab nichts und niemanden, nach dem ich hier noch hätte suchen wollen. So fasste ich den Entschluss, Berlin schleunigst für einen Ausflug zu verlassen, um neue Ereignisse zwischen die schmerzende Vergangenheit und die ungewisse Zukunft zu schieben.

Die von der abgebrochenen Reise übriggebliebenen Urlaubstage benutzte ich, um einen lange verschobenen Trip nach Köln zu machen. Nur wenige Zugminuten vom Hauptbahnhof entfernt lag ein kleiner Ort namens Puhlheim, der neben einer Hauptstraße aus einem Hotel, ein paar Häusern, einer Videothek und einer Pizzeria bestand. Dort gab es ein Museum für Holographie, das ich mir ansehen wollte. Nach Köln fuhr ich mit ein paar Leuten, die sich die Fahrkosten teilten, in einem Alfa Romeo, den so ein mittlerer Medienprinz lenkte, im Kofferraum lagen ein paar Masterbänder, die für den WDR bestimmt waren. Im Auto galt Rauchverbot, was meine von vorzeitig entsorgter Liebe katalysierten Entzugserscheinungen nicht gerade linderte. Im nächtlichen Köln des anbrechenden Wochenendes fand ich ein bezahlbares Hotel, dessen Tür nach zahllos geklingelten SOS von einem einsilbigen, in sich gekrümmten Hotelier geöffnet wurde. Mein Zimmer bestand aus einem Bett, einem Telefon und einer auf dem Nachttisch liegenden Bibel. Auf die legte ich mein am Bahnhof gekauftes Stadtmagazin und suchte nach einer bezahlbaren abendlichen Beruhigungszeremonie. Ich ging noch einmal vor die Tür des Hotels, überquerte den Rhein, um mir im Media Park einen Film anzusehen. So fuhr ich die Rolltreppe nach oben, vorbei an riesigen Lichtinstallationen und Plakaten, auf denen abwechselnd Männer aufeinander schossen und sich Liebespaare gegenseitig die Herzen herausrissen. Ich guckte diesen Film namens »Braindeath«, in dem jemand von einem Äffchen gebissen und anschließend zu einem Zombie wird. Wie schlimm konnte das schon angesichts meiner persönlichen Tragödie sein?

Zurück im Hotel kämpfte ich ein paar Runden gegen meinen Stolz, und nachdem ich Gallonen kochenden Blutes und ätzender, schäumender Magensäfte überwunden hatte, rief ich sie in NY an. Ihre Stimme klang erfreut, beruhigend, verständnisvoll und sehr sanft. Wir plauderten eine halbe Stunde lang, das Gespräch wurde mit jeder vergehenden Minute kostbarer und unbezahlbar zugleich. Sie sagte, sie hätte, seit ich abgereist war, kaum etwas gegessen. Ohne dass wir das direkt miteinander besprochen hätten, zeigte sich, dass unsere gemeinsame Zeit noch nicht beendet war.

So wartete ich, zurück in meiner eigenen Stadt, mal wieder ungeduldig auf sie. Als sie schließlich an meine Tür in der F9 klopfte, fühlte ich mich seit langer Zeit ruhig und von nicht umgesetzter negativer Energie weitgehend verschont.

Diese Friedlichkeit glich der lauernden Scheinruhe im Zentrum eines Taifuns. Wir beschlossen, einen Spaziergang zu machen, und gingen die abgelatschten, braun lackierten Altberliner Holztreppen hinunter. Wir kamen exakt hundert Meter weit bis zur Telefonzelle an der ersten Straßenkreuzung. Dort kehrten wir um, eilten zügig zurück in mein Zimmer und verschmolzen zu einem schwitzenden Wir, das nach Himmel und zwei Tieren roch.

Unsere künftigen Versuche, ein Paar zu sein, scheiterten an unseren vollkommen verschiedenen Gewohnheiten und Auffassungen. Wir probierten, miteinander zu frühstücken, zu verreisen, auszugehen, nebeneinander schweigend zu lesen und Bekannte zu besuchen. In nichts davon waren wir so gut wie andere. Wir passten einfach nicht zueinander. Morgens wirkte sie ausgeruht, und ich, der die Tage hasste und die Nächte liebte, schaute verständnislos, wie sie zufrieden und mit einem freundlichen Lächeln ihren *Tagesspiegel* umblätterte und Gebäck aß, das sie in der Mitte auseinanderpflückte.

Ich war morgens zu nichts zu gebrauchen, gewohnt, jede kostbare Minute im Bett zu liegen und nur vor elf Uhr aufzustehen, wenn ich einen Job hatte. Also blieb ich bald einfach liegen, während sie sich auf ihren Tag vorbereitete, und drückte mich, bis sie zurückkam, in ihrer Wohnung herum.

Ich lebte von Stipendien für Bücher, die ich nicht schreiben wollte. Meine künstlerischen Aktivitäten interessierten mich kaum noch. Das Schreiben erfolgte nicht mehr freiwillig, und die Basis aus Schmerz, die mich in der Vergangenheit innerlich von Song zu Song gepeitscht hatte, trieb mich nun in eine andere Richtung. Womöglich machte mir das Writer's-Block-Phänomen zu schaffen. Zwischen mir und dem Schreiben stand ein für mich unüberwindliches Hindernis.

Ich suchte nach einer Inspiration und beschloss, etwas anderes zu versuchen, das mir viel zeitgemäßer und einzigartiger schien. Ich begann, in meinem Schlafzimmer in der F9 Hologramme aufzunehmen. Da ich außer einem dünnen Buch, das ich lange Zeit vorher gekauft hatte, kaum Informationen über die Herstellung von Hologrammen hatte, gab es für mich natürlich keinerlei Erfahrungen, wie ich mit den teuren Gerätschaften, dem Laserrohr und den Spezialfilmplatten am besten verfahren sollte. Ich hatte gelesen, wie wichtig es beim Aufnehmen von Hologrammen ist, einen absolut erschütterungsfreien Untergrund zu haben. Da ich keine Ahnung hatte, wie ich einen auf aufgepumpten Autoreifen ruhenden Grabstein in mein Schlafzimmer bringen konnte, kaufte ich im Baumarkt eine Fensterbankplatte aus poliertem Stein und legte sie zwecks Erschütterungsfreiheit auf mein Bett. Die ersten Versuche, eine dreidimensionale Lichtillusion auf eine von diesen speziellen handgroßen Glasplatten mittels Laserlicht zu bringen, verliefen entmutigend. Ich stellte eine kleine Metallfigur dicht an die geisterhaft im Licht der grünen Dunkelkammerleuchte schimmernde Filmplatte. Der mit Hilfe eines Mikroskopobjektivs ausgeweitete Laserstrahl hatte etwa Bierdeckelgröße und war zunächst durch ein Stück Pappe blockiert.

Alles, was man neben dem Einrichten dieses überschaubaren Arrangements zu tun hat, ist, den Raum für eine Stunde zu verlassen und zu warten, bis sich auch die allerkleinste Erschütterung beruhigt hat. Dann muss sich die Filmplatte für schweigsame zehn Sekunden belichten lassen und sich mit einem dreidimensionalen-Trugbild überziehen.

So ging ich im Laufe meiner abendlichen Experimente nach draußen ins Helle und vertrieb mir die Zeit mit dem Lesen eines Buches. Das Buch war schmal, aber, wie sich zeigte, sehr gehaltvoll. Es trug den Titel »Die Katzenwiege«. Kurt Vonnegut, der von Erlebnissen im Zweiten Weltkrieg traumatisierte Verfasser von »Schlachthof 5«, hatte es geschrieben. Unregelmäßig atmend, weil das Buch so absonderlich war, blätterte ich mich durch diese Science-Fiction-Miniatur und las von der Erfindung einer absolut effizienten Waffe. Diese Waffe bestand aus winzigen Kristallsplittern, wobei jeder geeignet war, jede beliebige Menge Wasser sofort in Eis zu verwandeln. Diese Splitter bestanden aus Eis9.

Ich riss ein Blatt Papier aus einem anderen Buch und schrieb quer über dessen gedruckte Zeilen mit einem Kugelschreiber:

IM WALD DER GEDANKEN WÄCHST EIN GIFTIGER PILZ.

Zurück im improvisierten Holographielabor kam mir jetzt, wo ich Seiten aus »Die Katzenwiege« gelesen hatte, meine teure, technokratische Suche nach einer fotografisch festzuhaltenden Lichtinterferenz sehr fragwürdig vor. Auf dem Pfad, auf dem ich mich gerade befand, würde irgendwann jemand Eis9 erfinden. So kam ich wenigstens in meiner Fantasie diesem jemand zuvor und modifizierte mir ein persönliches Eis9. Es sollte für mich etwas sein, das mein Zentrum beschützen konnte. Ich würde damit meine Kernverletzung umgeben, in die eine Frau vorgedrungen war, die, ohne dass sie es gewusst oder gar gewollt hatte, alles katalysierte. Ich würde das Bild dieser Frau nie mehr aus dem Kern entfernen können, aber ich konnte durch das Einfrieren mit Eis9 den Schmerz verkleinern.

Ich sah mich auch wieder in der Stadt um und entschied mich, Teil des öffentlichen Lebens zu werden. Überall in der Stadt sprach man dieser Tage von einem Entertainer, den ich mir, weil ich nur von seinem Image las und mir also kein eigenes Bild von ihm machen konnte, als vor sich hin stümperndes Spielzeug für Arschproleten vorstellte. So eine Art Alf. Helge Schneider hatte jetzt auch noch einen Film gemacht, der in einem Kino in der Brotfabrik am Ende der Prenzlauer Allee gezeigt wurde.

Mal wieder hatte ich mich von ihr getrennt und ging mit einem Bekannten ins Kino. Der Film zog mich beim Betrachten in jene Parallelebene unserer Ist-Welt, die ich Jahre zuvor einmal bei einer sehr starken Erkältung betreten hatte. Damals hatte ich vierzig Grad Fieber, und meine Arme und Beine waren mir so dick wie Laternenpfähle vorgekommen. Helge, der Mann, den ich irgendwann später als Nachfahre Karl Valentins empfand, hinterließ zunächst einen Eindruck, der weder gut noch schlecht war, aber unvergesslich.

An einem anderen Abend eilte ich mit einem von meinem jüngeren Bruder geborgten Mazda durch die Stadt, um noch eine Karte für ein Helge-Schneider-Konzert im Aufführungssaal der HDK zu ergattern. Es ging mir eigentlich nicht darum, Helge live zu sehen, aber ich wollte irgendwie meine Leere ausfüllen und ein lebender Teil Berlins sein. Die Einlasserin – eine junge Studentin – an der Tür zur HdK sah mich, als ich naiv nach einer Eintrittskarte verlangte, an, als wäre ich ein Außerirdischer. Natürlich waren die Karten längst ausverkauft. Helge war gleichzeitig überall und nirgends, ich rollte auf seiner Fährte, ohne es zu wollen und zu wissen, warum.

Mein Bruder und ich traten eine Reise zu Verwandten ins Saarland an. Auf halber Strecke machten wir halt und übernachteten im Kölner Domhotel für über 300 DM je Doppelzimmer. Helge war zur gleichen Zeit in dieser Stadt, würde gleich um die Ecke auftreten und hier in unserem Hotel die Nacht verbringen. Langsam gruselte mich seine Allgegenwärtigkeit, und ich fragte mich, wieso diesen Scharlatan so viele Leute aus verschiedenen Städten sehen wollten.

Nachts, nachdem mein Bruder den Inhalt der Minibar unseres Zimmers leergesoffen und ich alle Feststoffe gefuttert hatte, versuchten wir ein Weilchen zu schlafen. Kurz bevor ich das Bewusstsein verlor und meine Seele sich mit Träumen vermischen konnte, setzte mein Bruder sich plötzlich steil im Bett auf und sprach im alkoholisierten Zweizentimetertiefschlaf über seine Lohnabrechnung.

Immer mehr Bewohner Berlins interessierten sich jetzt für PCs. Die den täglichen Wortschatz infiltrierenden Begriffe wie Dos, Windows 95 und Sound-Blaster-Soundkarte trennten wieder einmal Unwissende und Eingeweihte. Was würde ich mit so einem PC anstellen?

Das Schreiben eines Buches auf dem Computer war bestimmt nicht die einzige Anwendung. In absehbarer Zeit würde sich auf Computern Musik aufnehmen lassen, wie ich es von Bandmaschinen und Mehrspurkassettenrekordern kannte. Nur billiger und komfortabler.

Für mich gab es noch ein winziger werdendes Fleckchen Himmel, als ich sie an einem der selten gewordenen gemeinsamen Abende in den Armen hielt und die Lichtkringel an der Zimmerdecke untersuchte. Egal ob ich mich jetzt glücklich fühlte, so oder so würde dieser Zustand irgendwann beendet sein. So funktionierte das eben auf der Erde. In jeder gelebten Minute steckte ein kleiner Abschied, ein kleiner Tod. Und wäre dann einmal der Eimer, der diese kleinen Tode aufnimmt, bis zum Rand gefüllt, würde der große Tod eintreffen. Das interessierte mich gerade jetzt, in den Augenblicken nach dem Sex, der für mich auch jedes Mal ein Verlöschen bedeutete. Ich dachte laut darüber nach, welchen Buchstaben die meisten Menschen am Ende ihrer Leben als letzten sagen würden, und fragte sie, was sie darüber dachte. Sie zuckte mit den Achseln, das Thema interessierte sie nicht. »Wahrscheinlich H«, schätzte sie, »wir hauchen unser Leben aus.«

Meistens gab es in diesen Monaten an ein bis zwei Nachmittagen pro Woche etwas in meiner Band zu tun. Regelmäßig probten wir in einem Keller in der Schönhauser Allee gleich um die Ecke von ihrer Wohnung. Sie lieh mir ihre Lederjacke und ihre Jeans, damit ich auf der Straße optisch besser zu ihren Ansichten von mir passte. Ich war eigentlich nie wählerisch, was meine Klamotten betraf, genoss es aber, nun ihren Geruch mit mir herumzutragen und so am späten Nachmittag zum Proberaum zu schlendern.

Tschaka, der Leiter unserer Band, besprach mit unserem Manager die kommenden Auftritte in Berlin. Er fragte mich, ob ich bei einem anstehenden Gig in der Volksbühne zusätzlich aus meinem Buch vorlesen würde. Ich sagte zu, obwohl ich diese Zusatzaufgabe eher als lästig empfand. Um das nicht allein auf die Bühne zu bringen, fragte ich einen befreundeten experimentierfreudigen Komponisten, ob er mich mit Samples und ein paar Geräuschen unterstützen wolle. Er war einverstanden, und als wir uns schließlich auf der Bühne trafen, wurde die Performance zu einem irritierenden Klanggebilde, in dem nichts zueinanderpasste. Ein paar Tage später traf sich die Band zu einer Besprechung in der Wohnung unseres Managers. Ich kam eine halbe Stunde zu spät und ärgerte mich über den Umstand, dass anscheinend gemeinsam beschlossen worden war, dass ich die Schuld am insgesamt schlechten Auftritt in der Volksbühne hatte.

Die Band empfand ich in diesen Tagen als Zubringer-Shuttle, der mich in ihre Arme gebracht hatte. Die ersten drei Gitarrengriffe, die ich als Zehnjähriger mit rosafarbener Glut im Herzen so eifrig geübt hatte, sollten dazu dienen, die schönsten Mädchen zu umwerben. Das hatte irgendwie funktioniert. Jetzt war ich, wie ich meinte, am Ziel angekommen und brauchte weder meine Gitarre noch meine Band.

Mir kochte die Suppe über, weil die Band außer Arbeit und Zeit auch Unmengen von Geld fraß und zu diesem Zeitpunkt nur wenig Spaß machte. Diese ganze fragwürdige, überholte, großmäulige Punkmusik kam mir in diesen Tagen noch überholter und sinnloser vor als in all den früheren Tagen. Ich, der andauernd schimpfende Stinkstiefel, hatte die ganze Zeit nur mehr oder weniger geistreiche, parolenhafte Reime in meine Umgebung getragen. Ich hatte damals nicht begriffen, wie okay es sein kann, von dem, was einen umgibt, das Negativ zu zeichnen. Es enthält durch die Auslassung immer das exakte

Gegenteil, das Positive hatten wir nie negiert, sondern durch unsere Songs seine Grundlage erhalten. Es entwickelte sich aber in diesen Tagen nichts weiter, und das lag an mir.

Während Tschaka bemüht war, wenigstens ein paar Ska-Elemente, die auch nicht neu waren, in unsere Band zu tragen, und unsere Fans begannen, Nirvana, Body Count und Clawfinger zu hören, verweigerte ich mich jeglicher musikalischer Entwicklung. Ich hatte keine Lust auf diese Art von Veränderung. Laufend verlangten die Leute nach Neuem, ohne das Alte, schon Existierende jemals richtig verstanden zu haben.

Das Wichtigste aber war: Mir ging zu diesem Zeitpunkt mal wieder mein ganzes Leben gründlich auf die Eier. Ich sagte, ich würde die Band verlassen, und nach einem letzten Auftritt im Pfefferberg, einer Bühne, die sich in der Nähe unseres Proberaums befand, schaffte ich meinen Verstärker und meine Box in die F9 und genoss den Blick auf Tschakas der neuen Realität ins Auge blickendes Gesicht.

An diesem Abend ging ich zurück in ihre Wohnung und stellte das Weckradio auf halb neun. Kurz ging die Musik an, und es quakte einer dieser alten Songs aus dem Minilautsprecher, deretwegen ich auch damals als Zehnjähriger begonnen hatte, Gitarre zu üben.

Am Morgen darauf sagte ich ihr, ich hätte die Band verlassen. Sie sagte, sie würde das nicht verstehen. Sie wollte wissen, warum ich mich immer weiter zurückzog. Tatsächlich war ich dabei, mein Fundament zu demontieren.

Sterben wollte ich nicht. Das wäre allerdings der vollendete Rückzug gewesen. Ich sah mich nach einem weiteren Stückchen Zukunft um. Nach etwas Neuem. Die Berufsberaterin meines Arbeitsamtes ließ mich wissen, dass nun die Zeit gekommen sei, in die Arbeitswelt zurückzukehren und auf einen neuen Beruf umzuschulen. So nahm ich das erstbeste Angebot an. In den kommenden drei Jahren würde ich lernen, wie man Wasserleitungen zusammenlötet und Toiletten anschließt. Das würden wenigstens Aufgaben sein, die im Gegensatz zum Musizieren und Bücherschreiben einen Anfang und ein Ende hatten.

Als ich ihr von meinem Plan erzählte, schüttelte sie verständnislos den Kopf und fragte, wieso mir alles so egal sei. Die letzte Handbreit gemeinsame Zukunft lag vor uns, und wären wir Politiker aus verschiedenen Ländern gewesen, hätte man unser Verhältnis noch als friedliche Koexistenz bezeichnen können. Sie begann, mit Haut und Haaren die Vorstufe einer Auswanderin in die neue Welt zu werden. Im Bett trug sie ein weißes T-Shirt mit einem großen Indianerkopf darauf. Alle Uhren in ihrer Wohnung, mit Ausnahme des Weckradios, waren nun auf New Yorker Zeit umgestellt.

Sie kaufte auf dem Flohmarkt einen Anrufbeantworter und führte endlose Telefonate mit Laura in NY in fließendem Englisch. Sie las dicke englische Bücher und lächelte freundlich und voller innerer Friedlichkeit und Einverständnis mit ihrer Welt. Wir beide wussten, ich würde nicht dazugehören.

Am Abend vor dem Tag, an dem ich sie zum letzten Mal sah, hatte sie sich für mich unerwartet Lockenwickler eingedreht und sah fremdartig aus. Sie begann in rasantem Tempo, jene neue Frau zu werden, die ich schon sehr bald nicht mehr kennen würde. In dieser Nacht machte ich noch einen letzten Versuch, mit ihr zu schlafen, aber sie wies mich heiter und bestimmt ab. So lag ich verletzt und verzweifelt auf der äußersten Ecke ihres Doppelbettes.

Am kommenden Tag würde sie ihr Studium beenden. Wie immer stand sie nach kurzen Dehnungen ihres für mich nun unerreichbaren Körpers auf und sauste wie an einem Gummiband gezogen aus dem Zimmer. Sie zog sich schicker an als sonst. Ihren Abschiedskuss wehrte ich ab.

Die Wohnungstür klappte zu, und ich sah sie nie wieder. In den Tagen zuvor hatte ich den Großteil meiner Sachen aus ihrer Wohnung zurück in die F9 rangiert. Ich ging noch einmal durch die drei Zimmer, fand ein paar Briefe, die ich ihr mal geschrieben hatte, und schmiss sie weg. Mit wackligen Knien klappte ich die Wohnungstür zu, schlackerte kurz davor, ohnmächtig zu werden, die Treppe hinunter. Ihren Wohnungsschlüssel warf ich zusammen mit einem Brief in den Kasten und ging die wenigen hundert Meter über die Schönhauser Allee heraus aus ihrem Leben.

Game over.

Ich holte meine Gitarre aus der F9 und ging in den Park am Teutoburger Platz. Dort versuchte ich ein Weilchen herumzuklimpern, aber wegen des schönen Wetters waren zu viele Kinder auf dem Spielplatz, deren Anwesenheit ich nicht ertrug. So lief ich lieber rüber zum Village. Einen weiteren Plan, wie ich mich von nun an vor ihr verstecken könnte, hatte ich nicht, aber bestimmt würde sie nicht nach mir suchen.

A. saß am hohen Stammtisch und rauchte wie immer pausenlos. Um noch einen Versuch mit der Frau zu machen, die ich nun für immer verlassen hatte, hatte ich A. vor einer Weile nach einem kurzen Verhältnis sitzengelassen, und am Tag, als das geschehen war, vormittags mit der einen und nachmittags mit der anderen geschlafen. Jetzt war A. wie ein von der Lebensregie geplanter

Auftakt zu einer denkbaren Zukunft mit neuen Möglichkeiten geworden und eine Chance, die Schmerzen, die mich in den folgenden Zeiten ohne Zweifel erwarten würden, klein zu halten. Es dauerte so lange wie die zufällige Berührung zweier Hände, bis A. mir verziehen hatte und die Weiche für das Kommende gestellt war.

An diesem Abend gingen wir mit ein paar Freunden ins Kino, um einen Film mit Mel Gibson und Jodie Foster zu sehen. Ich atmete die Aura meiner neuen Gefährtin. Ich mochte ihren Geruch. Er verursachte einen anderen Klang in mir. Nicht tief im Inneren wie das, was *sie* in meiner Nähe verströmt hatte. Aber ein Geruch, der einen in die nähere Zukunft tragen könnte.

Trotzdem dachte ich die ganze Zeit an *sie* und roch die Umgebung der anderen Frau. Ich atmete ihre nach weiblicher Vanille duftenden Haare, hielt vertraut ihre Hand und guckte auf die Leinwand, auf der abwechselnd Mel Gibson und Jodie Foster einander betrogen.

Nach dem Film saßen wir vier an einem Tisch draußen vor einem Straßencafé in der Gleimstraße und passten perfekt zum Stadtbild des neuen Ostens.

In den kommenden Tagen suchte ich einige Male mein gemietetes Zimmer auf. Ich fand keinen Hinweis darauf, dass *sie* noch einmal dort gewesen sein könnte. Jetzt war sie endgültig aus dem äußeren Kreis meines Lebens verschwunden. Aus dem Inneren würde ich sie nie wieder entfernen können.

Ich zog zu A. nach Moabit. Jeden Morgen fuhr ich mit der S-Bahn nach Marzahn zur Umschulung. Mittlerweile konnte ich schweißen, hartlöten und aus glatten, glitzernden Blechen zerknitterte Missgeburten erarbeiten, die eigentlich Teil einer Dachrinne werden sollten. Zwischendurch schrieb ich Gedanken auf, die mir originell erschienen, und beamte mich so aus der nach Öl und

Eingesperrtsein riechenden Arbeitswelt in mein persönliches Andererseits. A. machte mir jeden Tag eine Büchse mit Delikatessen zurecht. Es gab getoastetes Brot mit mehreren Schichten Belag, kleine Schokoriegel und einen winzigen Liebesbrief. Ich hatte das Gefühl, am Ziel angekommen zu sein. Ich las Bücher von Terry Pratchett, sah mir abends mit A. Filme an. Wir gingen ins Kino, um »Natural Born Killers« zu sehen. A. trug eine Sonnenbrille mit runden kleinen Gläsern, wie der Typ im Film.

Wir fuhren zusammen an die Ostsee, um Freunde zu treffen und uns unter freiem Himmel von winzigen Mücken stechen zu lassen. Wir schliefen am Strand miteinander auf einer nassen, krümeligen Schicht aus Siliciumdioxid. Wir aßen Snacks und tranken Kaffee aus Bechern, die sich selbst erwärmten, wenn man auf eine Beule am Boden drückte.

A. verkörperte so ziemlich alles, was ich bei *ihr* vermisst hatte. Sie war ähnlich attraktiv, dachte und redete schnell und versprühte immerzu eine unkomplizierte Fröhlichkeit. Sie rauchte fast ununterbrochen, was ihren dunkelrot geschminkten Mund, aus dem ihre raue Stimme drang, höchstens stillstehen ließ, wenn sie schlief.

A. telefonierte leidenschaftlich gern, wobei sie sich, den Hörer mit einer Hälfte ihres Buster-Keaton-weißen Gesichts eingeklemmt, Notizen mit der linken Hand machte. Fast alle Linkshänder sind kreative Außenseiter, mit denen ich mich verbunden fühle.

In A.s Wohnung herrschte ein etwas über fünf Kilo schwerer Kater namens Paul. Paul hatte schwarzes, glänzendes Fell, einen weißen Brustlatz und einen schwarzen Fleck knapp unter der Nase, der wie ein Hitlerbart aussah. Dazu schielte er ein bisschen.

A.s Familie lebte in Berlin. Die Eltern, ein außerordentlich freundliches, mit allen Ohren offenes Ehepaar, wohnten im Hansaviertel in einem Haus aus Blech an einem Seitenausleger der Spree. Die kleine Ex-Verkäuferin mit der praktischen blonden Mutterfrisur kochte hervorragend und hatte dazu die liebenswürdige Eigenschaft, stets zum richtigen Zeitpunkt einen Espresso anzubieten.

Zum ersten gemeinsam mit A.s Familie gefeierten Osterfest durfte ich mir etwas wünschen. Ich sagte, dass ich gerne »Generation X« von Douglas Coupland lesen würde, und pünktlich zu Ostern lag das Buch in einem Nest aus mit auslöffelbarer Milchcreme gefüllten Schokoladeneiern.

A.s Bruder war einer dieser kräftig gebauten, meistens gut gelaunten Snowboarder im Holzfällerhemd. Mit ihm ließ sich schnell eine konspirative Freundschaftlichkeit entfallen. Er arbeitete für eine Weile im Institut für Luft- und Raumfahrt. Ich mochte seine Art, mit der heiseren Steve-Urkel-Stimme, die er wie A. von der Mutter geerbt hatte, erst über Raketenbooster zu erzählen, um das Thema kurz darauf auf die Kosmetikindustrie zu verlagern und sich schließlich zu fragen, was wohl die geheimnisvollen Penaten seien, die sich mit der gleichnamigen Creme behandeln ließen.

Mit A. vergingen die Tage, als wären sie Sekunden. Wenn wir nicht bumsend oder rauchend im Bett lagen, saßen wir in der Küche, um in weiße Schokolade getunkte Erdbeeren im Mund zu zerdrücken. Meist telefonierte A. dabei ausgiebig und in hohem Tempo sprechend. Kater Paul experimentierte jetzt mit Gummibändern. Er schleppte sie in der Gegend herum und lernte schnell, sie zu apportieren.

Die Nachbarn, die kürzlich neu eingezogen waren, hatten gerade ein gemeinsames Baby auf die Welt gebracht. Sie versorgten auch einen winzigen hektischen Hund, der des Öfteren in unsere Wohnung schnellte, um

Kater Paul zu poppen. Der ließ sich meist nicht lumpen und teilte Backpfeifen aus. Das junge Paar schenkte uns seinen alten PC mit Windows 3.1., den sie gegen einen nagelneuen von Siemens mit Windows 95 ausgewechselt hatten. Ich machte meinen ersten Versuch, Audio mit einem Rechner aufzunehmen. Neugierig nahm ich den geschenkten PC in wenigen Tagen auseinander, um sein Innerstes zu erforschen.

A. hatte Freunde, von denen ein paar zu den meinen wurden. Yves zum Beispiel war gelernter Klempner und zeigte mir neben einigen beruflichen Kniffen auch, wie man Software aus dem Internet runterladen konnte. Ich bat ihn, nach Vierspuraufnahme-Software zu suchen. So entdeckten wir Fastrack.

Mit Christian, einem befreundeten Fotografen, nahm ich neue, etwas hellere Hologramme auf. Auch fuhren wir mit der S-Bahn mehrere Male zwischen Lehrter Bahnhof und Alexanderplatz, um 3D-Dias von den Strecken zu bekommen, auch solche, die wir vom Bahnsteig aus von den in den Zügen sitzenden Fahrgästen machten. Wir hatten für eine Ausstellung ein Verfahren entwickelt, mittels eines Kopierers Abzüge zu machen. Die sollte man sich mit Stereobrillen ansehen, von denen wir hundert Stück besorgt hatten. Wir wollten Holzwände aufbauen, um die äußere Struktur eines S-Bahnwaggons anzudeuten. Der Betrachter sollte die Möglichkeit bekommen, von der einen Seite der jeweiligen Wand nach außen auf die Szenerie zu schauen, oder von der anderen Seite ins Innere des Waggons.

Einmal fuhren wir mit Christians Auto zur Photokina nach Köln. Wir wohnten einer Gesprächsrunde bei, auf der Rebecca Horn sprach. Die Digitalfotografie begann, die Flügel zu spreizen.

Ich verfluchte Christians Ausdauer, als wir spätabends immer noch im Messehaus mit einem schwulen Fotografen plauderten, der eine Zeit lang Christians Mentor gewesen war. Ich wollte mich endlich auf den Rückweg machen.

Immer wieder dachte ich an New York, die Stadt, in der sich meine allgegenwärtige Basisverletzung in voller Größe gezeigt hatte. In absehbarer Zeit würde ich wieder einen Job und damit Geld zum Verreisen haben. New York ist zu faszinierend, um schlecht zu sein. Die Stadt hat multiplizierende Eigenschaften, die einfach das X-fache von dem zutage fördern, was von vornherein vorhanden ist. Das hatte Gotham mit *ihr* gemeinsam und mit Drogen.

Und dann gab es noch diesen CD-Sampler, den ein Mann aus Augsburg zusammengestellt hatte. Weil meine Band mit einem Song auf »Perlen deutscher Rockmusik« erschienen war, gab es für mich kurz nach der Veröffentlichung ein Belegexemplar. Beim Hören der CD stieß ich auf diesen mit wenig technischem Aufwand produzierten Song, dessen Hauptline von da an meinen Kopf nicht mehr verlassen wollte. »Du musst immer wieder hingehen, wo dein Schmerz ist, damit er sich verändert.« Ich entschloss mich, New York bei nächster Gelegenheit die Chance zu geben, mit mir Freundschaft zu schließen.

Bei der Umschulung schweißten wir jetzt dicke Blechstücke zusammen. Ich mag Feuer und blickte fasziniert auf die durch die dunkle Schutzbrille schmaler wirkende Flamme. Tropfen um Tropfen fügte ich Blech an Blech und lauschte dem Sound absoluter Feuerkraft, die eine Mischung aus friedvollem Zischen und dem war, was ich von meiner Bratpfanne kannte.

Es war verboten zu rauchen, aber das interessierte fast niemanden. Übermütig, weil ich mir einbildete, Feuer wäre Teil meines Wesens und könne mir deshalb nichts anhaben, wurde ich schnell eines Besseren belehrt. Ich wollte mir eine Zigarette anzünden und bat den Umschüler am benachbarten Platz, mal kurz seinen Schweißbrenner in Richtung meiner rechten Hand zu halten. Er tat das und verfehlte die Spitze meiner Zigarette um einen guten Zentimeter. So wischte die über tausend Grad heiße Flamme kurz über meinen Handrücken. Ich lernte mit schmerzverzerrtem Gesicht etwas über Wirkung pro Zeiteinheit.

Manchmal knallte es, während man die Flamme konzentriert auf die strickpulloverähnlichen Maschen aus Stahltropfen richtete. Dann flogen angriffslustige Feuerwespen durch die Gegend, die die Fähigkeit entwickelten, immer eine Öffnung in der Kleidung zu finden.

Obwohl ich zweimal hintereinander durch die praktische Abschlussprüfung geflogen war, hatte ich mir schon einen Job bei einer stark rauchenden betagten Unternehmerwitwe in Schmargendorf besorgt. Zum ersten Mal seit langer Zeit verdiente ich ziemlich viel Geld und plante für die nähere Zukunft mehr Spaß in meinem Leben. Die Sex Pistols machten eine Reunion und kamen in diesem Frühjahr nach Berlin. Ich bestellte Karten und schlitterte durch die anstehenden Installations- und Rohrreinigungstätigkeiten des Schmargendorfer Winters. Lange dauerte es nicht, bis die Witwe erkannte, wie wenig Talent ich dazu hatte. Nach kurzer Zeit entließ sie mich wieder, um einem enthusiastischen Neuling in nagelneuer blauer Latzhose ihre Gunst zu erweisen.

Ich begann, ein paar Schreibversuche auf dem auseinandergebauten Computer zu machen, der in der Wohnung meiner Freundin in der Lehrter Straße stand. Nichts von dem, was ich zustande brachte, gefiel mir und war es wert, noch einmal gelesen zu werden.

Die Sex Pistols spielten in der Arena in Treptow. Ich stand mit einem ziemlich bekannten Punkveteranen wenige Meter hinter dem Mischpult und guckte höchst interessiert auf die Hände des Gitarristen Steve Jones. Ich sang jede Songpassage mit und fühlte mich gut. Nur wenig Publikum war gekommen. Die Pistols waren nicht mehr angesagt.

Wie voll die Arena sein konnte, sah ich wenige Wochen später bei einem Rammstein-Konzert. Zu dritt trafen sich Christian, A. und ich in der Lehrter Straße und fuhren mit dem Auto durch Kreuzberg Richtung Treptow. Mir war der rasante Aufstieg Rammsteins entgangen. Ich hatte die Band vorher zweimal in Berlin spielen sehen. Auch hatte ich bei einem Auftritt im Knaackclub schon vor einer ganzen Weile beobachtet, wie mit meiner Freundin etwas geschah. Während Till auf der Bühne Feuersterne aus einem Gummischwanz abfeuerte, packte sie mich unter meinen Klamotten und begann inmitten der rauchenden, schwitzenden, nicht mehr aus einzelnen Personen bestehenden Masse, mit ihren Händen an meinem Körper nach etwas zu suchen.

An diesem Abend war das Phänomen um ein paar Nummern gewachsen. Das Auto hatten wir einen geschätzten Kilometer vorm Eingang zur Arena abstellen müssen. Das Publikum im Saal glich einem Meer, an dessen Ufer wir standen, um auf ein Schiff am Horizont zu blicken. Dieses Schiff war die Band. Langhaarige Mädchen tanzten auf der Bühne und machten Werbung für Nil-Zigaretten. Mitten in der Show sauste ein vermutlich durch eine zu dünne Kette gesichertes Schild hinunter in die erste Reihe des Publikums.

Für eine Weile stoppte die Band. Ich guckte mir den Sänger etwas genauer an und erkannte, was dessen Faszination – jedenfalls für mich – ausmachte. Auf dieser Bühne stand der Terminator, das große böse Mannmonster, wie ein Bündel öliger Stahlseile. Gleichzeitig schrie dieses Kraftpaket und krümmte sich wie eine verletzte

Urkreatur. Diese Szene hatte es immer wieder in Actionvideos gegeben, das große Ungeheuer im Kampf mit der Liebe. Auf VHS-Band und hier auf der Bühne die rot rauchende männliche Leidenschaft im Kampf mit der unendlichen Sehnsucht. Tilterminator – die Alternative zu jenem alternden Österreicher, der als Gouverneur in einem Land, das ihn in mancher Hinsicht nichts anging, Todesurteile unterzeichnete.

Bevor ich mich in einem neuen Job als Klempner versuchte, begann ich, die Wohnung meiner Freundin mehr und mehr zu okkupieren und ein Labor daraus zu machen.

Ich baute ein kleines Transistorradio mit Lautsprecherausgang, dann experimentierte ich mit sehr teuren Laserdioden, die ich eines Tages in einem telefonbuchdicken Katalog entdeckt hatte, der aus meinem Lieblingsladen stammte. Jemand rief an und bat mich, ihm für unbestimmte Zeit meinen Röhrengitarrenverstärker auszuleihen.

Zum Tausch bekam ich einen kleineren, dessen Herz aus Halbleitern bestand. Da ich sowieso nicht mehr vorhatte, Musik in Übungsräumen oder auf Bühnen zu machen, stimmte ich zu. Als ich merkte, wie kalorienarm meine Gitarre aus dem nun auf einem Teil von A.s schwarzer Schrankwand stehenden Blechkistchen klang, probierte ich, selbst einen kleinen Röhrenverstärker zu bauen. Der Prototyp klang etwa eine Stunde lang wunschgemäß. Dann verwandelte er sich in eine qualmende Lokomotive.

Neuer Frühling: In einem Rohrreinigungsunternehmen in einem zwanzigstöckigen Haus in Friedrichsfelde versuchte ich für fast ein Vierteljahr, zu einer kleinen Firma zu passen, deren Chef ein rotgesichtiger kugelförmiger

Mann um die fünfzig war. Seine erstickten, nach innen gerichteten Schreie, die ich im Laufe der Zeit als Arbeitsanweisungen kennenlernte, ließen mich seine Vergangenheit als mittlerer NVA-Offizier erahnen. Es gab drei Fahrzeuge vor dem Hochhaus, die alle zur Firma gehörten. Eines davon bekam ich nach einer angemessenen Einarbeitungszeit. Es war ein Barkas, der gleiche Typ Auto, mit dem wir mit der Band durch den sich in Auflösung befindlichen Osten getourt waren. Die Arbeit bestand darin, durch Lichtenberg zu fahren und in den Häusern um den Tierpark herum Verstopfungen in den Abwasserleitungen zu beseitigen. Dazu gab es diese motorbetriebenen rostigen Metallschlangen mit auswechselbaren Bohrköpfen, die der Chef hütete wie andere das Rezept von Coca Cola. Seine Angewohnheit, hinter jeder Ungereimtheit auf dieser Welt eine Verstopfung zu vermuten, machte die morgendliche Kaffeekonversation einsilbig.

Ich mochte den Job. Er wurde gut bezahlt. Gegen den Dreck und die Fäkalien hatte ich nichts einzuwenden. Das Zeugs zu beseitigen war besser, als an einer Schreibmaschine oder an einem Computer zu sitzen und nach Einfällen zu jagen, aus denen vielleicht nie ein brauchbares Buch werden würde. Außerdem wollte kaum noch jemand lesen. Aber jeder wollte pissen und kacken.

Eine Aufgabe bestand darin, einen abgesoffenen Abwasserschacht leerzuschaufeln. Bei dieser Unternehmung stieß ich mit der kleinen Schippe, die ursprünglich für das Entfernen von Ofenasche konstruiert war, auf etwas Gummiartiges. Ich fand eine Ratte, die mit dem Kopf nach unten in zusammengesinterten menschlichen Ausscheidungen steckte.

In der Firma wurde Tag und Nacht gearbeitet. Tagsüber normaler Dienst, anschließend rund um die Uhr Bereitschaft. Jederzeit konnte nach mindestens achtstündigem Bohren durchs endlose Gemisch aus Trümmern und Scheiße das Funkgerät tönen, und ich saß wieder Kaffee trinkend und rauchend im Barkas. Eines Nachts gab es eine Überschwemmung in einem Zwanzig-Etagen-Haus, der Fahrstuhl funktionierte nicht und ich lief mit meinem Zeugs all die Treppen nach oben, um die Unmengen von Wasser wegzusaugen.

In einer anderen Nacht rief man mich, weil etwas Ähnliches in einem Altersheim passiert war. Nur waren diesmal große Teile des Wassers über die Außentreppe abgeflossen und in der ziemlich kalten Winternacht zu Eis geworden. Ich hackte den größten Teil dieser Nacht mit einem Spaten auf die Eisstücke ein und machte irgendwann eine Pause. Das war die Minute, in der mein Chef mit seinem Dienstwagen eintraf und meinte, eine Unterbrechung wäre erst angebracht, wenn die Arbeit getan sei.

Es war üblich, auf den nächtlichen Fahrten durch den von Kackepapierundweißichdochnicht verstopften Stadtteil an der Tankstelle gegenüber dem Bahnhof Lichtenberg Halt zu machen, um Benzin und Zigaretten zu kaufen. Etwas in mir bekam eine vage Sehnsucht nach einem bestimmten Teil meiner Vergangenheit, die sich nicht wie ein Kleidungsstück ablegen ließ. So kaufte ich vom reichlich vorhandenen Trinkgeld eine Ausgabe des *Rolling Stones* mit einer eingeklebten CD-Beilage. Auf dieser CD wurden Frauen präsentiert, die sich durch den gerade vor sich hin glimmenden Zeitabschnitt musizierten und jetzt erste Beachtung gefunden hatten. In einer Pause zwischen zwei Arbeitseinsätzen hörte ich in die Heft-CD und vergaß die meiste Musik auf der Silberscheibe, sobald ich sie vernommen hatte. Einer der Tracks jedoch überraschte mich, weil ich eine äußerst hart an die Belastungsgrenze geschrammelte Westerngitarre vernahm. Es war ein funkähnliches, sich wiederholendes Muster, hervorgerufen von mit äußerst wilder Entschlossenheit zum Musizieren gezwungenen Stahldrähten. Das spröde, widerspenstige Muster ergoss sich innerhalb des Songs in ein Meer sanftmütigster Weichheit, zerbrechlich wie die Wände von Reagenzgläsern. Den Namen der Frau, die dies zuwege brachte, lernte ich schnell auswendig: Ani DiFranco.

Am letzten Tag, an dem ich für die Rohrreinigungsfirma unterwegs war, regnete es wie lange nicht mehr in der Stadt. Ich wurde in die Warschauer Straße zu einem Laden gerufen, der kurze Zeit vorher umgebaut worden war. Jemand hatte Bauabfälle ins Klo geschmissen und die Ladenbesitzerin unwissend Abflussfrei darübergeschüttet, das sich mit dem restlichen Wasser in der Leitung zu einer ätzenden Lauge verband. Da ich nicht wusste, was los ist, hämmerte ich wie besessen meinen Bohrer durch den Bogen im Klo. Als mich das meinem Ziel nicht den allerkleinsten Schritt näher brachte, ging ich hinunter in den Keller und sägte die Plastikrohre auseinander. Die Lauge lief meinen Arm hinunter, denn das Rohr befand sich über meinem Kopf. Zwar wusste ich nun, was geschieht, und konnte spüren, wie die Flüssigkeit die oberste Schicht meiner Haut in Gelee verwandelte, aber ich war zu sehr unter Zeitdruck, um noch einmal die fünfzig Meter durch die verregnete Straße zu laufen und Handschuhe zu holen. In dieser Nacht wurde mein Arm feuerrot. Am nächsten Tag ließ ich mich krankschreiben und wurde kurze Zeit später gefeuert.

Als Klempner hatte ich nicht allzu viel getaugt, immerhin aber eine Zeit lang ganz gutes Geld verdient und vieles davon in Berlins größtem Spielzeugladen für Männer ausgegeben. Der Laden befindet sich an der Grenze, an der Kreuzberg in Neukölln übergeht. Im Fiat Panda meiner Freundin ein- bis zweimal wöchentlich von Moabit durch die halbe Stadt dorthin zu fahren, um neue Laserdioden zu kaufen, war auf die Dauer zermürbend und teuer. Neidisch betrachtete ich die Männer, die das Glück hatten, hier zu arbeiten, und fragte mich immer öfter, wie sich das wohl anfühlte.

Ich bewarb mich, und mein Leben gewährte es mir, einen Schritt weiter in Richtung »Crazy Donald meets Mad Scientist« zu gehen. Hier gab es fast alles außer Kartoffeln und dänischer Sauce. Ich wurde angenommen und konnte nach Herzenslust mit technischen Spielsachen hantieren. Jetzt war ich Verkäufer in meinem Lieblingsgeschäft.

Singvögel im Käfig vor einer PA mit tausend Watt. Das ist der Sängerkrieg von heute und alle faulen Leute hören jetzt den Wald in Dolby Digital

Von meiner Basisverletzung konnte ich in diesen Tagen so gut wie nichts mehr spüren. Ich hatte eine schöne Freundin, mit der sich viel mehr unbeschwerte Albernheiten und sorgenarmes Dahinleben bewerkstelligen ließen als mit ihrer Vorgängerin. Die Frau, mit der ich jetzt zusammenlebte, verschönte mein Leben, war unterhaltsam, lebensfroh und intelligent. Nur eine Eigenschaft fehlte ihr gegenüber der Frau, die ich aus Angst vor noch größeren Schmerzen verlassen hatte. Die Fähigkeit, meinen innersten Kern zu verletzen. Er war durch Eis9 geschützt.

Ich bekam Geld geschenkt, eine für meine Verhältnisse große Summe, und kaufte davon einen Vierspurrekorder. Damit begann ich, einige Musikstücke aufzunehmen, und bekam schnell Appetit auf mehr. Meine alten Verbindungen zu Musikern im Osten Berlins ergaben für mich die Möglichkeit, ein Schlagzeug zu benutzen. Nahezu gleichzeitig fiel mir dieses Buch über die Todesstrafe in die Hände. Ich las die Interviews von Todeskandidaten und Henkern in US-Gefängnissen. Der Tod – das große Geheimnis, viel geheimnisvoller als jede denkbare Technologie, jedes noch so raffinierte Gerät. Der Tod ist ein Zustand, den man kennen müsste, wenn es gelänge, sich daran zu erinnern, denn bevor man gelebt hat, ist man wohl tot gewesen. Was hatten die Sterbenden, unabhängig von der Art des Sterbens, gemeinsam? Um mir eine Vorstellung davon zu machen, schrieb ich nach langer Zeit meinen ersten Text über das, was einen Delinquenten, der in einer achteckigen Edelstahlkammer auf die letzte Sekunde seines Lebens wartet, bewegt. Da er durch das Einatmen von Blausäure sterben würde, die in sehr geringer Menge in Bittermandeln enthalten ist, stellte ich mir vor, wie es in dieser Kammer kurz vor dem Ende nach Marzipan riecht.

Im Marzipantunnel

Was geschieht, wenn in der Nacht
   in dem hellen Achteck aus Stahl und Fett
das Mandelsalz in die Säure fällt
   und die Blasen aus Gift in die Nase dringen
wenn der vorletzte Atemzug vorschriftsmäßig
   und sensentauglich die Lunge zum Singen
der letzten Strophe des Lebens führt
   und die Todesursache das Herz massakriert?

Sieht man den Tunnel?
Riecht man den Schweiß der Engel?
Hat man noch Angst, oder was kommt nach dem Kampf?
Was geschieht, wenn die alte Frau auf dem Bett
   dort die Stimme ihres Mannes hört,
der 48 Stunden davor mit dem Gesicht nach vorn
   aus dem Fenster in die Rosen sprang?

Angst vor Metastasen?
Zu schwach fürs neue Jahr?
Schlaf Dich in den Frieden, so wie es niemals war!

Wir waren schon tot, bevor wir Kinder waren.
Was kommt nach dem Kampf?
Ich kann es nicht mehr sagen.
Was war vor dem Kampf, und was kommt
nach dem Kampf?

Das alte Modell von Himmel und Hölle nach dem Tod funktioniert immer noch gut genug, um bei den meisten halbwegs bewusst lebenden Menschen eine diffuse Angst zu erzeugen, die meistens im Hintergrund bleibt und von der man oft nicht annimmt, dass sie Einfluss auf unsere Handlungsweisen hat.

Ich hatte Schlimmeres erlebt, die persönliche, selbst erzeugte Hölle. Schmerzen von riesigen Ausmaßen, die ich mir nicht größer vorstellen konnte, hatte ich hinter mir gelassen. Wie schlimm kann eine Hölle nach dem Tod eigentlich sein, wenn die zu Lebzeiten schon solche Dimensionen hat?

Möglicherweise würde alles besser werden, wenn wir wieder tot wären. Vor dem Beginn des Lebens hat man doch nicht gelebt. Aber was, wenn es, wie viele glauben, nichts mehr nach dem Leben gibt? Was, wenn alle unsere Bemühungen, grundlegende Verbesserungen unseres Befindens auf ein Leben nach dem Tod oder an einen anderen Ort oder auf eine andere Spezies zu verlagern, auf einer Illusion beruhen? Dann hätten wir nur uns und unsere Spiegelbilder.

Der Tag nach dem Tag danach

Am Tag, als es verboten wurde, keine Drogen zu nehmen.
Am Tag, als der Polizist zum Schüler sprach:
»Du solltest dich was schämen!«
Wenn Du keine Nadeln magst, stecke Dir das Pulver
gefälligst in die Nase! Mach schon, Junge,
sonst bist Du doch nichts weiter als ein Hasenfuß!«

Am Tag, als sie in die Mittagssonne
ein Waschmittellogo brannten.
Am Tag, als die Oppositionellen ihre Liebe zur Regierungs-
partei erkannten.
Am Tag, als es schick wurde, Körperteile zu amputieren.
An dem Tag galt es als besonders schick,
gemeinschaftlich im Park zu erfrieren.

Da wurde offiziell bekannt gemacht:
ES GIBT KEIN LEBEN AUF ANDEREN PLANETEN.
Graben wir doch unsere Toten aus und schicken sie
mit Raketen in den Himmel
und hoffen, dass aus Knochenasche neues Leben entsteht!

Am Tag, als die Forscher erkannten, dass aus der Asche
von toten Verwandten unter optimalen Bedingungen
neue Onkel und Tanten und Urgroßmütter werden.
Ohne Herzbeschwerden die Unendlichkeit bevölkern als
zerbrochener Spiegel unserer Welt. Denn die kleinen
grünen Männchen sind die Schatten unserer Ahnen.

Christian der Fotograf, dem A. bescheinigte, er würde jederzeit mit den Augen fotografieren, auch wenn er keine Kamera dabeihatte, überraschte uns kurz darauf mit einer Neuigkeit. Er sagte, er würde jetzt nebenbei in einer Band als Bassist spielen, und brachte ein paar Tage später eine Kassette mit Aufnahmen aus dem Übungsraum vorbei.

In diesen Tagen war das sonst so intime Freundschaftsverhältnis zwischen A. und Christian sehr von einem angespannten gegenseitigen Belauern dominiert, was damit zusammenhängen mochte, dass Christian seit einiger Zeit eine feste Freundin hatte.

Die Band klang für erste Ergebnisse nicht schlecht. Der Gesang war größtenteils englisch und hörte sich nach den Smiths an. Die in der Band spielenden Herren, die ich längere Zeit vorher als A.s Freunde kennengelernt hatte, trafen sich normalerweise an Sonntagabenden in einem Billardsaal in der Kantstraße, um zu rauchen, Alkohol zu trinken und möglichst effektiv Plastikkugeln in Löcher zu ballern. Jetzt also hatten sie eine Band gegründet.

Als Christian mir die Kassette vorspielte, war der Abend von zwielichtiger Trübheit überzogen. Auf dem Band war nicht die ursprüngliche Besetzung der Band zu hören, denn deren Schlagzeuger war wenige Wochen zuvor blutend und um jeden Atemzug kämpfend nach einem Sprung durch ein geschlossenes Fenster auf dem Pflaster eines Berliner Hinterhofes gestorben. Nun saß sein Bruder Robert am Schlagzeug und trug das offensichtlich großzügig an seine Familie ausgeteilte Talent durch die folgenden Jahre der Band. Christian lud mich zu einer gemeinsamen Jamsession ein. Schnell wurde eine Verbesserung des Sounds durch meine musikalische Anwesenheit befunden, und nach einigen Anproben schlug Robert einen neuen Namen für die Band vor. Von jetzt an nannten wir uns BUNCHAWEIRDOS.

Wir probten meistens samstags in einem von mehreren zusammengehörenden Proberäumen in der Prenzlauer Allee. Wie wahrscheinlich jede andere Band in dieser Stadt waren wir davon überzeugt, die Besten zu sein. Zwar war so ziemlich jeder in dieser Band spielende Musiker neu an seinem Instrument, aber es gab diese auch durch die höchste Perfektion nicht zu simulierende Ursprünglichkeit und erfrischende Unbefangenheit, von der die Welt nicht gerade voll ist. Niemand von uns dachte viel darüber nach, wie wenig Chancen die Band hatte, sich innerhalb eines musikalischen Universums zu behaupten, in dem es längst Standard war, mit äußerstem Fleiß und meist großem technischen Aufwand in die Öffentlichkeit zu gehen. Die Legende vom Drei-Griff-Punkrock, der sich lediglich aufgrund seiner rohen Primitivität, verursacht durch eitle, größenwahnsinnige Amateure, durchgesetzt haben soll, ist von Anfang an eine Unwahrheit gewesen. Viele der Ende der 70er Jahre veröffentlichten Produktionen sind aufwendig hergestellte Glanzstücke, die mit der sie promotenden Legende weder Ansatz noch Körper gemeinsam hatten.

Wir waren die Definition von Punkrock. Die Band: Robert, der ungeduschte, wie ein dünner, laubloser Herbstbaum wirkende, kettenrauchende Biertrinker, spielte das Schlagzeug wie kein anderer. Er, der zusammen mit dem diszipliniert vor sich hin fingernden Bassisten Christian die Band in einem linierten Raster halten sollte, verstieß eigentlich immer gegen diese Elementarregel. Trommler und Basser sollen der Band ein stabiles Fundament geben, auf dem höchstens ein diabolischer Gitarrist oder der exzentrische Sänger die Hauptlinien verlassen dürfen. Da diese Hauptlinien, intuitiv oder dilettantisch verursacht, von Anfang an ignoriert wurden, glichen die Bunchaweirdos einem unter einem Erdbeben wackelnden Hochhaus. Hinzu kamen meine telefonartig klingende, melodiearme Stimme mit meist gelispelten deutschsprachigen Texten und meine ohrenbetäubende Gitarre, die dem Rest der Band meist um eineinhalb Sekunden vorauseilte. Was blieb Andi, dem anderen Gitarristen, übrig, als mit Salven von möglichst vielen

Anschlägen auf die einem zufälligen Muster folgenden akustischen Lücken in der Musik zu zielen, um wenigstens sekundenweise gehört zu werden?

Die Art 80er-Jahre-Wave, die die Band als für sich richtig gewählt hatte, ließ meine von persönlichen Defekten und Horrorszenarien wimmelnden Songstrukturen leicht zu. Die gemeinsam erarbeiteten Konstruktionen, die jetzt folgten, handelten allesamt von Abstieg und Aufenthalt in einer Art Hölle, deren äußere Umgrenzung selbst erzeugt war. Wo kam all diese negative Energie her? Waren es wirklich zum größten Teil Reaktionen auf eine gehetzte, unplanbare, aggressive, kalte Außenwelt? Wo war in jenen Songs die Hoffnung beschrieben, die uns immerhin einmal wöchentlich in den Übungsraum trieb? Alles Gute an der Welt war in diesen Tagen in genau gleichem Maße in der Umgebung verteilt wie am Anfang des bewussten Denkens. Es gab annähernd gleich viel Gutes in dieser Stadt, nur war es durch die gewählte Ausdrucksform nicht vorgesehen, unsere Songs davon handeln zu lassen. Ein Kompromiss musste her. Es wäre okay, zum Beispiel über den Tod zu philosophieren und über das, was danach passiert. Das wäre weder negativ noch positiv. Es wirkte zwar morbide und bizarr, aber wenigstens bewegte sich das Thema fantasievoll auf ein Rätsel zu, vor dessen Lösung man als lebender Mensch die meiste bewusst gelebte Zeit sinnvollerweise zurückschrecken darf.

Dümmer als blond

Essen, Kaffee, Zigaretten, Küsse, die nicht
 nach Aule schmecken.
Im falschen Augenblick die richtige Hand,
 ein Kreuzworträtsel hat die Nerven verbrannt.

Unerklärlich lächelt die Stadt. Sekunden aus Gold und
irgendjemand hat seine Minipizza in einen Gully gekotzt
und dann in sein nasenweiches Tempo gerotzt.

Im Kosmos nach dem finalen Ende bist Du
auf Dich alleine gestellt.
wenn die Maden Deine Arschbacken fressen, schaffst Du
Dir längst Deine eigene Welt.
Schaff Dir alles, was Du willst, Mörder und Nonnen,
Eisbeinonkels, Regentonnen,
Pfeilgiftfrösche und niedliche Hummeln,
abendliches IN-DER-HOSE-FUMMELN!
Irgendwas davon verpasst zu haben, am Abend aller Tage,
wenn der Eismann kommt,
wäre wirklich mehr als schade, wäre dümmer als saudumm, dümmer als blond.

Wer weiß schon, was nach dem Tod passiert? Vorstellen kann man sich alles Mögliche. Der Gedanke ist reizvoll, dass man nach dem Ableben Baumeister für eine eigene neue Welt sein könnte, die sich wie ein weißes Blatt Papier präsentiert. Nun kommt es darauf an, was man zu Lebzeiten gelernt hat. Man darf behalten, was man im vergangenen Leben als gut erkannt hat, und zurücklassen, was einem eher schlecht vorkam. Zum Beispiel hat man ja die Möglichkeit, in der neuen Welt Mücken und Wespen wegzulassen und Menschen, die man nicht leiden konnte. Dann sollte man allerdings wirklich gut überlegen, was davon entbehrlich ist.

Was war eigentlich noch mal gut? Das artige Kind in einem gut behüteten Spielzimmer, das das Pech hatte, in einer tadellosen Umgebung einer Büchse Phosphor zu begegnen und einem Streichholz?

Phosphor

Ein Behälter roter Phosphor steht in einem Schrank.
Davor kniet ein Kind mit einem Streichholz in der Hand.
Das Kind sieht friedlich aus, und man glaubt gern,
  dass es nichts Böses denkt,
obwohl es jetzt das kleine Händchen mitten
  in den Behälter senkt.

Etwas anderes erleben, dieses eine Mal,
einen Ausflug in die Hitze, in den beleuchteten Festsaal.
Der Preis ist hoch – viel zu teuer.
Aber vernünftig sein ist langweilig, so ganz ohne Feuer.
Gelbe Flamme, weiße Nebelgeister schweben
  durch das Zimmer.
Erst sieht es noch friedlich aus, aber bald schon
  wird es schlimmer.
Angst klopft innen gegen das Herz, Blasenbildung
  auf den Händchen.
Kinderzimmer füllt sich mit Schmerz, Händchen
  schlagen auf die Flämmchen.

Etwas anderes erleben, dieses eine Mal.
Es sieht fast so aus, als hattest Du nie eine Wahl.
Etwas anderes empfunden nur ein paar Sekunden,
  und schon ist die Illusion
vom Normalsein verschwunden.

Kleiner Feuerteufel, Du hast heute was Wichtiges gelernt.
Es ist nicht so gut zu spielen, wenn man
  alle Sicherungen entfernt.
Wegen Herbeiführung einer gefährlichen Situation
stößt man Dich vom Thron, denn Du
  warst kein guter Sohn.

In diesen Tagen fiel es mir zunehmend schwerer, mich an den sorglosen Zeitvertreiben meiner Freundin zu beteiligen. Wenn ich musizierte, befand ich mich auf einem anderen Energielevel. Ich war möglicherweise mein besseres Ich. Das führte aber auch dazu, dass ich die Gegenwart eines anderen Menschen auf die Dauer kaum ertragen konnte.

A. und ich trennten uns in Freundschaft und ohne überflüssiges Theater. Ihr neuer Gefährte saß schon auf dem Balkon, rauchte und aß Erdbeeren.

Ein Verkäufer im Spielzeugladen hatte mir vor einer Weile ein gebrauchtes, bezahlbares Minidiskgerät verkauft. Seit ich mich wieder mit dem Aufnehmen von Musik befasste, experimentierte ich damit herum.

Das Ding war nur so groß wie zwei nebeneinander gestellte Turnschuhe und nahm auf diese durchsichtigen Scheiben auf, die geheimnisvoll in einem transparenten quadratischen Käfig aus Plastik steckten. Durch die systembedingte Datenreduzierung, die diesen Geräten als Nachteil angerechnet wurde, verschwand so ziemlich jedes unerwünschte Brummen, das von meinen teils sehr experimentellen Verkabelungen stammte. So klang das Ergebnis, das ich schließlich auf das Plastikquadrat kopierte, immer einen Tick sauberer als die Originalaufnahme. Wenn etwas nicht gelang, war das natürlich kein Problem. Die digitale Geduld stellte sich erwartungsgemäß als viel größer als die Geduld des Analogen heraus. Jederzeit konnte ich meine akustischen Fehlgeburten durch wenige Tastendrucke in die Ungeschehenheit zurückbefördern. Netterweise fragte mich das Display des Gerätes dann stets auf Englisch, was ich löschen wollte. Zum Beispiel stand auf dem Display: Delete all?

Das gefiel mir sehr. Die Möglichkeit, alles ungeschehen zu machen, wie ein vollgeschriebenes Blatt Papier, das in wenigen Sekunden wieder unschuldig weiß sein könnte. Man brauchte nur den richtigen Radiergummi.

Delete all. Das neue Spiel starten und den alten Spielstand löschen. Die digitale Welt funktioniert so, mindestens das unterscheidet sie von der realen.

Momente später dachte ich an Christina Ricci, die Wednesday, die tödliche Tochter der Addams Family, gespielt hat. Für lange Zeit war ich in dieses geisterhafte Mädchen mit der großen Stirn und dem stets in die endlose Dunkelheit gerichteten Blick verliebt. Wie würde es sein, einen Vormittag mit diesem großartigen Mädchen aus der Finsternis zu verbringen? Da mir das niemand sagen konnte, fantasierte ich es mir zusammen.

Wednesday's Lover

Wednesday hatte gerade ihren Bruder auf dem E-Stuhl
terminiert
Ein grauer Mercedes hielt vor der Tür, am Kühler
starb ein seltenes Tier. Es war das letzte seiner Art,
und der Mann am Steuer war nicht halb so schön
wie ein Ungeheuer.
Er trug einen Anzug aus rostigem Schmutz, er stieg aus
und rief:
»Wednesday! Wenn ich heute Abend Deinen Schutz nicht
bekomme, kann ich diesem Globus keinen Haarschnitt
verpassen. Ich halte diese Langeweile nicht mehr aus.
Komm jetzt bitte mit! Wir sprengen das Haus.«

Das Biest und das Biest gingen zum Computer
des Himmlischen Vaters, zogen an den Kabeln
und löschten die Software. Sie klebten die Escape-Taste
an den Monitor. Auf dem Bildschirm stand jetzt:
ÖFFNET DAS TOR! ÖFFNET DAS TOR!

Nachts hörte ich Musik von Body Count und Wendy O. Williams. Bei Body Count schlug mir die Membran meines Kenwood-Kopfhörers gegen die Ohrenspitzen, und die wurden richtig heiß. Zu dieser Zeit hatte ich wegen der Arbeit im Laden Probleme, meinen Nikotinbedarf von mindestens neunzehn täglichen Zigaretten zu decken. Abgesehen vom leidigen Geldproblem war es während der Zeit, die ich im Spielzeugladen zubrachte, kaum möglich, außerhalb der Pausen zu rauchen. So stopfte ich mir während der zehnminütigen Frühstückspause schnell eine übereinander geschichtete Konstruktion aus Brot, Käse und Piri-Piri-Schoten in den Mund, während mein rechtes Auge schon nach den Streichhölzern und dem 25er Päckchen Golden American schielte.

Meine Wohnungseinrichtung wäre in diesen Tagen keine zweihundert Mark wert gewesen, wenn es nicht den Gitarrenverstärker und meine mit mir in die Jahre gekommene Fender Tele gegeben hätte. Immerhin besaß ich auch noch das Telefon mit eingebautem Anrufbeantworter, das mir Bekannte geschenkt hatten.

Beinahe jeden Abend ging ich ins Village, um eine bestimmte Frau zu sehen. Ich wollte nichts Wichtiges von ihr, denn ich bestand in diesen Tagen aus einer wenig originellen Konstruktion aus Geilheit um einen Kern aus Eis9. Es war irgendwie ein besonderer Genuss, das bis an die Schmerzgrenze unkonkrete Spannungsfeld, das ich jedes Mal spürte, wenn ich jener Frau begegnete, anzuzapfen und mit nach Hause zu nehmen. Hier steckte ich große Teile dieser Energie in die Art, wie ich meine Musikinstrumente spielte, und teils in meine Experimente mit selbstgemachten Feuerwerksraketen.

Über die Selbstherstellung von Pappraketen, die wirklich fliegen, gibt es jede Menge Gerüchte, von denen die meisten nicht stimmen. Die größte Unwahrheit sagt, man müsse einfach Schwarzpulver in eine Hülse stopfen, unten ein Loch für die Zündschnur machen und fertig. Das fliegt nie, höchstens einem selbst um die Ohren. Das hatte ich bei zahlreichen Versuchsreihen herausgefunden.

In einem Antiquariat stieß ich auf ein Buch mit uralten Holzstichen, auf denen Feuerwerker bei der Anfertigung ihrer Brandstücke abgebildet waren. Hier sah ich, dass die langbärtigen Herrschaften seinerzeit von der Düse her einen Hohlraum in die Füllung aus mehr oder weniger gewöhnlichem Schwarzpulver gebohrt hatten. So änderte ich meine Versuchsreihe ab und kam auf folgendes Verfahren, das schließlich funktionierte:

Man nimmt Packpapier, wickelt es um einen Holzstab passenden Durchmessers und klebt die entstehende Papierrolle zu einer Papphülse zusammen. Anschließend wird der Boden dieser Hülse mit einem Gemisch aus Gips, Wasser und etwas Weißleim verschlossen. Wenn das Ganze getrocknet ist, stampft man Schwarzpulver mit einer geeigneten Vorrichtung so fest in die Hülse, dass es sich nicht mehr herausschütteln lässt. Dann kann man die Hülse mit Teilen eines Papiertaschentuches auffüllen und den Rest des Hohlraumes mit einem Gemisch aus Weißleim und Sägespänen verschließen. Nach erneutem Trocknen bohrt man vorsichtig, und ohne eine Maschine zu benutzen, ein zwei bis drei Millimeter starkes Loch durch den Gips hindurch, bis Schwarzpulver herausrieselt, und dann weiter, bis man etwa drei Viertel des Schwarzpulverkerns mit einem Hohlraum versehen hat. Jetzt noch eine Zündschnur und einen Stock und die Sache sollte funktionieren.

Drei Tage beim Wizzard sein

Wir traten als Bunchaweirdos im Village auf, um zusammen mit einer Schauspielerin eine Vorstellung, die aus einer Lesung und Konzertteilen bestand, abzuliefern.

Eine gut aussehende Bekannte, die dieser Tage auf dem Wege war, Schauspielerin zu werden, saß, einen Apfel essend, auf einer Leiter und las aus meinem Buch. Die Pausen zwischen den Textpassagen füllten die Weirdos nach einem vorher ausprobierten Plan mit Songs. Robert hatte es schwer an diesem Abend, weil wir kein richtiges Schlagzeug dabeihatten. Es gab nur dieses elektronische Spielzeugdrum mit einer Hand voll Gummipads und zwei winzigen Fußpedalen für Bassdrum und Snare. Den Leuten im Village schien das zu gefallen. Der Laden war ganz gut gefüllt, und auch Tschaka war da, um sich das anzusehen.

Tschaka, mit dem ich den bisher wichtigsten Teil meiner musikalischen Vergangenheit in Proberäumen, Wohnungen, Cafés und Autos zugebracht hatte, spielte nun auch wieder in einer Band. Wir würden nie wieder jenes musizierende Molekül sein, das immerhin eine Zeit lang ein bisschen aufsehenerregend gewesen war. Wenigstens unterstützten wir unser Musizieren jetzt gegenseitig, hatten also eine Art von Freundschaft für Gegenwart und Zukunft aufbewahren können.

Als der Auftritt der Weirdos und die Lesung zu Ende gebracht waren, ließ sich ein Bekannter von mir eines meiner Bücher signieren. Er sagte, das Buch sei für Jay Bumblebee, die zuvor bei einer Band namens Kampanella is Dead Background gesungen hatte und Amerikanerin war. Ich hatte absolut keine Erinnerung an sie und keine Vorstellung von ihr, als mich D. zu seiner Einweihungsparty einlud. Auf dieser Party, die sich weniger als zwei Wochen später ereignen sollte, würde ich Miss B. kennenlernen.

So polterte ich an jenem Abend zusammen mit BB. die Treppe des Altbaus in der Prenzlauer Allee bis ganz nach oben. Auf der Party gab es einen Eiscrusher, einen Haufen Limetten, Rohrzucker und einige Flaschen Cuba Libre. Ich unterhielt mich Kaffee trinkend mit BB. und fragte mich, wann wohl die geheimnisvolle Miss B. auftauchen würde. Als sie schließlich da war, wusste ich, ohne dass wir einander schon vorgestellt worden wären, gleich, wer sie war. Miss B., ein schneeweißes rundliches Gesicht, umhüllt von bis knapp über die Schulter reichenden dunklen Haaren. Zunächst observierte ich die Frau über zwei Tische hinweg aus den Augenwinkeln und stellte mein Ohrenradar auf den Empfang ihrer Stimme. Ich scannte den Klang auf einen fremdländischen Akzent, konnte aber zunächst absolut nichts finden. Die Stimme klang sehr tief und melodisch. Sie machte mich sofort neugierig auf mehr. Was BB. in diesen Momenten zu mir sagte, sah ich wohl an den Bewegungen, die sein Mund machte, verarbeitete aber nicht das Geringste, denn ich war dabei, die Umgebung nach der Stimme der unbekannten Frau abzusuchen.

Dirk, unser gemeinsamer Bekannter, war glücklicherweise ausreichend Mann von Welt, uns einander vorzustellen. Von allein hätte ich sie kaum angesprochen. In dieser Hinsicht unterschied ich mich auch dieser Tage kaum von jenem verlegen gegen die Stuhlreihe gelehnten Siebtklässler, der ich gewesen war, als die Partys noch Disco hießen und in der Turnhalle stattfanden.

Jedenfalls war es jetzt so weit, und ich steckte mit dieser fremdartigen, außerordentlichen Frau in einem munter plätschernden Unterhaltungspingpong. Schnell stellten wir unsere gemeinsame Begeisterung für Ani DiFranco fest – für jene Westerngitarren mit Bronzefingern zerbröselnde Independent-Botschafterin aus Buffalo. Jay sagte, sie würde gern mal wieder in einer Band singen. So tauschten wir Telefonnummern und kamen überein, bald voneinander zu hören.

BB. kam an den Tisch und sagte, er würde gern nach Hause fahren. Ich genoss es sehr, Miss B. launig dagegen protestieren zu hören, dass ich, kaum hatten wir uns kennengelernt, schon wieder verschwinden würde.

An diesem Abend saß ich berauscht Gitarre spielend in meinem zu einem Aufnahmestudio umfunktionierten Wohnzimmer. Es war schon ziemlich spät in der Nacht. Trotzdem hoffte der versponnenste Teil in mir darauf, dass Miss B. jetzt anrufen würde, um sich mit mir zu treffen.

Die folgenden Tage, bis ich mich entschloss, sie anzurufen, vergingen mit dem Arbeiten im Spielzeugladen und ein oder zwei Proben mit den Bunchaweirdos. Jedes Mal, wenn ich die Wohnungstür aufgeschlossen hatte, unterdrückte ich den Wunsch, sofort auf das rot leuchtende Display des Anrufbeantworters zu schielen, immer darauf hoffend, eine Nachricht von Miss B. vorzufinden.

Irgendwann rief ich sie an und war hoch erfreut zu registrieren, wie sich unsere Telefonate von Mal zu Mal verlängerten, bis sie schließlich fast eine Stunde dauerten. Ich bat Jay, mich in meiner Wohnung zu besuchen, um mir einen Text von Kiss zu übersetzen. So saß sie eines Abends vor meinem Minidiskgerät und skippte sich leise murmelnd vorwärts und rückwärts durch »Detroit Rock City«. Dabei machte sie Bemerkungen, wie bescheuert der Text sei. Ich mochte den Song seit meiner Teenagerzeit, obwohl ich nie ahnte, was Paul Stanley da sang. Das Stück handelt von einem Rockstar, der auf dem Weg zum Konzert zu schnell in seinem supertollen Schlitten fährt und einen Unfall baut. Ich hatte immer geglaubt, die Texte von Kiss würden zu meinem persönlichen Wahnsinn und zu meinen Aggressionen gegen mich und meine Umwelt passen. Offenbar hatte ich mich geirrt, aber ich mochte immer noch die Musik.

Zu dieser Zeit hatte ich Kiss einmal live im Olympiastadion spielen sehen und war als uralter Fan vollkommen hingerissen von der Monstershow, die live noch viel mehr an meinem Alltag rüttelte als die sechs Platten meiner Sammlung. Besser brauchte eine Rockband für mein Dafürhalten nicht zu sein.

Was Jay betraf, so war ich in den folgenden Wochen aufgelöst von inneren Kämpfen. Gern hätte ich eine weibliche Gefährtin gehabt, mit der es sich musizieren und anderweitig kreativ sein ließ, ohne den eigentlich immer lähmenden Einfluss einer Liebesbeziehung. Der Umstand, dass sie Amerikanerin war, faszinierte mich und machte mich auf anregende Weise gleichzeitig scheu und neugierig. Wellen von Verlangen und lähmender Ohnmacht lösten einander von Woche zu Woche in immer kleineren Abständen und immer größer werdenden Tiefen und Höhen ab. Als Jay und ich dann bei einem der folgenden abendlichen Treffen zusammen einen Song komponierten und aufnahmen, schlug die Magnetnadel meines Wankelmutes endgültig in Jays Richtung aus. Durch die Aufnahme hatte ich jetzt jederzeit die Möglichkeit, Jays erotisch klingende Stimme zu hören. Auf ausgedehnten Spaziergängen durch den Mauerpark atmete ich den sich anbahnenden Frühling und fantasierte in Pastellfarben Bilder von einer möglichen Zukunft mit Jay.

Ulli Schandmaul, ehemals Frontmann der Band Tausend Tonnen Obst, tauchte an einem dieser Zwischentage zum vielleicht dritten Mal in meinem Leben auf und schmetterte laut lachend Salven von Musik, die er gelegentlich mit einem übermütigen Hundegebell verzierte, in große Teile meiner Woche. Ich stellte ihn und Jay einander vor, und von da an versuchten wir uns darin, eine Band zusammenzubekommen, die beabsichtigterweise nach den Pixies klang. Jetzt hatte ich neben den Bunchaweirdos noch eine zweite Band, die meistens in meinem Wohnzimmer probte.

Jay arbeite als Englischlehrerin für Angestellte des BMW-Motorradwerkes in Spandau. Das war aber nur die Facette ihrer Persönlichkeit, mit der sie ihren Lebensunterhalt bestritt. Sie war mit dem wohl größten Teil ihrer Seele Schauspielerin und bereitete sich zu der Zeit, als ich sie kennenlernte, auf ein Bühnenstück vor.

Sie würde bald in einer in englischer Sprache aufgeführten Komödie von Noël Coward in einem Theater in Kreuzberg zu sehen sein. So lud Jay Ulli Schandmaul und mich zur Premiere ein, die kurz vor ihrem dreißigsten Geburtstag stattfinden würde. Jay spielte eine gewisse Miss S., die zwischen den einzelnen Episoden, aus denen das Stück bestand, die Umbaupausen ausfüllte. Sie war kostümiert als eine Lady in reiferen Jahren, und eben das gab mir den letzten Stoß. Gern wäre ich sofort nach der Show zu Jay gestürzt, um sie zu Boden zu reißen. Die zwischen zivilisierten Personen von über zwanzig Jahren üblichen Gepflogenheiten geboten ein etwas gemäßigteres Verhalten, und so gesellte ich mich auf Jays Einladung hin nach der Show zu den Schauspielern, die sich in einem Gartenrestaurant am Südstern eingefunden hatten. Jay war sehr munter und extrem guter Dinge. Sie sah, während sie sich auf Englisch mit ihren Schauspielkollegen unterhielt, immer wieder zu mir und strahlte. Eine ihrer besten Freundinnen registrierte das, und ich glaubte zu verstehen, wie sie mich ihrer Banknachbarin als Jays neuen Favoriten ankündigte.

Heute Abend würde etwas geschehen müssen, um aus unserer prickelnden Freundschaft etwas Körperliches werden zu lassen. Ich machte auch einen Rivalen aus, der sich in den Kopf gesetzt hatte, Jay zu ihrem Geburtstag auf einen Wochenendausflug einzuladen, um sie vermutlich bei dieser Inszenierung zu verführen. Ausgerechnet jener Rivale nahm mich an jenem Abend ein Stück in seinem Auto mit und das, nachdem er gesehen hatte, wie ich mich von Jay mit einer längeren Umarmung verabschiedet hatte. Jetzt rauschte ich das nächste Stückchen auf der Zeitachse meines Lebens mit Rückenwind auf eine neue Liebe zu.

An diesem lauen Vorfrühlingsabend lag ich klingend wie ein sehr gut gestimmtes Saiteninstrument auf meinem Bett und stellte mir vor, wie es sein würde, mit Jay zu schlafen. Am nächsten Tag fiel mir die Arbeit im Spielzeugladen leichter als sonst. Ich stand hinter dem Verkaufstisch, unter dessen gläserner Abdeckung Videoakkus und neuerdings immer mehr Digitalkameras lagen. Ab und zu kamen Kunden vorbei, die sich abwechselnd nach Waren erkundigten, die ich aus dem Lager holte, oder nach jenen virtuellen batteriebetriebenen Saurierkopien fragten, die im Inneren eines Plastikeis steckten und per Tastendruck geliebt, gefüttert und auch getötet werden konnten.

In diesen Tagen mochte ich meinen Job. Auf dem Weg mit dem blechernen Fahrstuhl ins Lager blieben über den Arbeitstag verteilt ausreichend Sekunden übrig, um an Jay zu denken, an die Frau aus der anderen Welt, das

Mädchen aus Oz, die Erfüllung eines Kindertraums. Ich stand mit den Füßen auf dem geriffelten Blechboden des Fahrstuhls in der sogenannten Realität, während sie mich gleichzeitig im Paralleluniversum auf dem gelben Backsteinweg schnurstracks zu Jay brachten und zum Wizard of Oz.

Am Osterwochenende kam Jay mich wieder besuchen, um Musik aufzunehmen oder auf andere Weise an Songs weiterzuarbeiten. Sie sagte, sie würde heute nicht viel zustande bringen, weil die zurückliegende Arbeitswoche zu sehr an ihren Kräften gezehrt hätte. So beschlossen wir, das Arbeiten sein zu lassen und stattdessen ins Kino zu gehen. Im Odeon lief der neueste Woody-Allen-Film in englischer Sprache. Das Kino war bis auf den letzten Platz ausgebucht, aber wir hatten noch rechtzeitig unsere Karten ergattert, saßen jetzt sehr dicht nebeneinander und steckten immer häufiger tuschelnd die Köpfe zusammen. Die Spannung zwischen uns betrug sechstausend Volt, fast wurde mir übel vor Vorfreude auf die unmittelbar vor mir liegende Zeit. Nach Ende des Films standen wir draußen vor dem Odeon und warteten auf den Bus. Wie auf Bestellung setzte ein lauwarmer Sprühregen ein und trieb uns in das Haltestellenhäuschen, das wegen der zahlreichen den Heimweg antretenden Kinobesucher überfüllt war. So standen wir willkommen dicht beieinander und tauschten Sätze aus, deren Inhalt vollkommen egal war. In immer dichterer Folge sahen wir einander in die Augen und lächelten. Jetzt war der Moment gekommen, in dem ich die Arme ausstrecken konnte und Sätze, Blicke und Lächeln sich in großen Durst stillende Berührungen verwandelten. Benommen von der eben hereinbrechenden berauschenden Gegenwart schaukelten wir ineinander verschlungen im Bus durch Schöneberg und kamen schnell überein, in ein Café zu gehen. Der Regen war mittlerweile schwach genug, um an einem Tischchen draußen an der Straße zu sitzen und einander in heftiger werdenden Stößen einzuatmen. Weder verspürte ich Lust, einen Schluck von meinem sonst so geschätzten Milchkaffee zu nehmen, noch hatte ich den Drang, meine bereitgelegte Zigarette anzuzünden. Meinen Unterarm an den von Jay zu drücken und dabei irgendwie gleichzeitig mit jedem Zentimeter ihres Körpers verbunden zu sein war in diesen Augenblicken das absolut Beste, was mir in dieser Stadt passieren konnte.

Kurz vor Jays Geburtstag waren wir ein Paar. Am Morgen nachdem ich das erste Mal in ihrem Bett in der Pestalozzistraße in Charlottenburg geschlafen hatte, war ich Teil des Berliner Frühlingshimmels. Eine Dreiviertelstunde vor Arbeitsbeginn legte ich mich auf die Wiese in der Hasenheide und sah beschwingt und mit der Stadt in Einklang in die am Himmel schwebenden Wolkengebirge.

Ein paar glückliche Wochen lang nutzte ich meine Wohnung in der Nähe des Cantianstadions nicht mehr, um dort zu schlafen. Es ergab sich stattdessen, dass Tschaka und ein Musiker aus seiner Band den Schlüssel bekamen, um in meinem Studio Aufnahmen abzumischen. An einem dieser Abende steckte mein Kopf nach dem Betreten meiner Wohnung in einer dicken Wolke aus Zigarettenrauch fest.

Alle möglichen Behälter, Untertassen und auch so ziemlich jedes Fetzchen Aluminiumfolie, die es in meinem Haushalt gab, waren mit Zigarettenasche vollgestippt. Tschaka und Rainer saßen leise murmelnd vor meinen mangels echter Monitorlautsprecher aufgestellten Säulenboxen und drehten am Sound ihrer Band, die sie Hunger nannten. Die Band hatte ich einmal live gesehen und für gut befunden. Davon zu hören, dass Tschaka musikalisch glücklich geworden war und eine

Band gefunden hatte, die die Art Musik machte, die sich jetzt in ihm befand, stimmte mich bittersüß und philosophisch.

Das nächste Stück Zukunft ergab, dass Schandmaul kurz nach der Party zu Jays dreißigstem Geburtstag aus unserer Band verschwand. Jay und ich machten unsere erste gemeinsame Reise im Leihwagen außerhalb der Urlaubssaison an die Ostsee. Die Fahrt dauerte ungewöhnlich lange, was damit zusammenhing, dass ich am Steuer des Wagens saß. Mit übervorsichtigen achtzig Stundenkilometern schlängelte ich den Wagen auf Landstraßen der Ostsee entgegen. Unterwegs riefen wir im Hotel an. Dort wurde schließlich der Schlüssel zu unserem Zimmer unter einem Holzschuppen auf dem Hotelvorplatz deponiert.

Bisher hatten Jay und ich trotz allergrößter Neugier aufeinander noch nicht richtig miteinander geschlafen. Kaum hatten wir das Hotelzimmer betreten, lagen wir auf dem Bett, um uns ineinanderzuschlingen. Die Spannung war an dem Punkt angelangt, wo der Geschmack von Hochzeitstorte in den von Knete umzuschlagen droht, wenn sich nicht zügig der durch intensives Aneinanderreiben verursachte Blitz zurück auf die Erde entlädt. So hastete ich mit angewinkelten Armen durch den menschenleeren Urlaubsort auf der Suche nach Kondomen. Schließlich wurde ich fündig, schleppte mich mit entsicherter Waffe die Hoteltreppe hinauf zu Jay, und vorsichtig vertieften wir uns wieder ineinander.

Die wenigen Tage unseres gemeinsamen Kleinsturlaubs verbrachten wir damit, auf der Ostseeinsel im Auto umherzufahren. Jay übernahm jetzt gelegentlich das Steuer. Offiziell durfte sie als Amerikanerin nicht ohne weiteres mit ihrem amerikanischen Führerschein einen Wagen durch Deutschland lenken. Wir fanden einen Punkt neben einem überdachten Imbissstand, an dem uns ein Pfad die Steilküste hinunter zu von organisch riechendem Salzwasser umschlungenen Findlingen führte. Während sich oben vor dem Imbiss eine Gruppe hungriger Teenager versammelte, um Fritten zu kaufen, zerrten Jay und ich an unseren Kleidungsstücken und synchronisierten uns schließlich mit den Wellen der Ostsee.

Jays schwarze Katze Miss Sappho Emptyplate begrüßte uns, als wir wieder nach Hause zurückkehrten, mit vorwurfsvollem Gemurre. Sapphos weit aufgerissenen grünen Telleraugen bescheinigte Jay irgendwann später eine gewisse Ähnlichkeit mit dem Augenpaar einer Eule.

Der Zeitpunkt, NY wiederzusehen, um dieses Mal Freundschaft zu schließen, schien günstig. Eine Hand voll Freunde von uns reiste in jenem Sommer nach Gotham, und es stand fest, dass es nicht nötig sein würde, ein Hotel zu finden. Einer von uns hatte eine Bekannte mit einer Wohnung auf Staten Island, die für ein Weilchen leerstand. Jay und ich würden dazustoßen, während die anderen schon einige Tage Bekanntschaft mit der Stadt gemacht hatten.

Jetzt brach für Jay und mich die beste Zeit an. Am Abend vor dem Flug gingen wir in der Schönhauser Allee ins Kino, wenige Schritte von meiner Wohnung entfernt. So saßen wir munter und in bester Stimmung nebeneinander und blickten auf die abendfüllende Kinofassung von »Akte X«. Auf dem Weg zurück in meine Wohnung liefen wir an einem angebrochenen Päckchen Zigaretten und einer angebrochenen Flasche Schnaps vorbei. Beides war säuberlich am Straßenrand angeordnet und schließlich verlassen worden. »Bestimmt hat der Besitzer ein Angebot für Sex gekriegt«, meinte Jay. Ich lachte die Straßenlaternen an und wünschte in diesem Augenblick in bester Geberlaune allen in Berlin anwesenden Lebewesen Sex, so viel sie ertragen konnten.

Am nächsten Vormittag saßen wir in meiner Küche und frühstückten. Das Essen beschäftigte uns nur wenige Viertelstunden. Kaum hatten wir die Butterflocken von den Fingern geleckt, drängten wir uns auf dem einzigen Küchenstuhl zusammen und rutschten aufgeregt ineinander. Als wir uns trennten, tropfte fischiger Saft auf den Küchenfußboden. Jay ging anschließend hinüber ins Wohnzimmer, um ein Weilchen auf dem Sofa allein zu sein.

Ich setzte mich ins Wohnzimmer an den Tisch, wo die Acht-Kanal-Bandmaschine und mein Bass standen. Ich bin kein besonders genialer Bassist, aber immer gut genug, um mich selbst ausgiebig zu unterhalten. So machte ich Boing-Boing-Geräusche mit dem Mittelknochen meines rechten Daumens und slappte mich rauchend in den kommenden Abschnitt bestens schmeckenden Lebens.

Wir fuhren mit der U2 Richtung Tegel. Die Bahn war mäßig gefüllt mit ahnungslosen Kleinfamilien, die durch ihren verlöschenden Sonntagnachmittag plätscherten. Ich liebte es, zu realisieren, wie sich die Fassade hinter den U-Bahn-Fenstern immer mehr von der allgegenwärtigen Alltagskulisse in eine Reiselandschaft verwandelte. Am Ernst-Reuter-Platz stiegen wir, weil die Zeit knapp wurde, in ein Taxi um und befanden uns spätestens jetzt offiziell auf großer Reise.

Beim Start der KLM-Maschine, die uns erst mal nach Amsterdam bringen würde, sprang mir vor Panik das Herz fast zum Halse heraus. Ich liebe das Fliegen ebenso sehr, wie ich es fürchte. In diesen Tagen ging die Nachricht von einer abgestürzten Maschine von Swissair um. Kurz nach deren Start war plötzlich Rauch auf dem Gang zu sehen und leitete die bei in der Luft befindlichen Metallhaufen übliche Katastrophe ein. Angespannt wie eine Mausefalle krallte ich mich in die Armlehne und achtete auf außergewöhnliche Geräusche während des Starts. Fast hätte mich das »Bing« der Bordanlage getötet, als wir die Zehntausend-Meter-Reiseflughöhe erreichten. Der unmittelbar danach folgende Geruch nach frischem Kaffee und Snacks beruhigte mich. Kaffee und Snacks waren das Gegenteil von allen vorstellbaren Toden überhaupt.

Bald schlenderte ich an Jays Seite die Gänge des Flughafens Shiphol entlang. Mit einem Auge studierte ich neugierig Jays amerikanischen Pass, mit dem anderen suchte ich nach einem Ort, an dem ich eine letzte Zigarette vor dem langen Sprung über das Wasser rauchen konnte. Zum Glück wurden wir fündig, und ich saugte alles Glück dieser Reise durch den Filter meiner Zigarette. Ein bisschen schwindelig blätterte ich mich durch meine Reisepapiere, und schon ging es durch die Gangway in den von Aircondition rauschenden Aluminiumtunnel, der uns in den folgenden Stunden mit jeder Menge von Flugzeugteppichboden gedämpften Passagierschritten versorgen sollte. Gepäckklappen wurden auf- und zugeschnappt, neue Zeitungen aus dem Land hinterm Wasser knisterten noch ein bisschen leblos vor sich hin. Optimistisch lächelten Crew und Passagiergesichter einander zu.

Noch einmal kletterte mein Herz durch meinen Hals. Um mich zu beruhigen, tastete ich nach der Innentasche meiner hellgrünen Glücksjacke aus verwaschenem, ausgefranstem dicken Jeansstoff. Diese Jacke war vor einigen Jahren als Geschenk aus NY zu mir gekommen, als *sie* noch Teil meiner Gegenwart war. Lebte sie noch in NY? Ich beschloss, während des bevorstehenden Aufenthaltes noch einmal zurück an den Ort zu gehen, an dem ich sie damals zum ersten Mal verlassen hatte. *Du musst immer wieder hingehen, wo dein Schmerz ist, damit er sich verändert.*

Natürlich liebte ich Jay in diesen Tagen, innerhalb dieser nach den Frühlingen und Sommern aller Zeiten riechenden Gegenwart. Aber einige Etagen tiefer unter all dem, unter einer dick gewordenen Schicht von Eis9, schlummerte der Katalysator.

Das also würde mein erster Besuch in der Stadt hinterm Wasser sein, seit ich mich mitten in der ersten Hälfte der 90er Jahre schwerst verletzt zuerst auf NY zu und dann schleunigst wieder davon weg bewegt hatte. Auf diesem, meinem zweiten Flug saß ich neben einer Frau, die sich nicht verletzend verhielt, nicht drohte, mir vorzeitig zu entweichen. Und Jay würde voraussichtlich in NY mit mir schlafen, so wie sie es in Berlin getan hatte. Ja, Sex war wichtig für mich und würde es weit in meine Zukunft hineinreichend sein. Als immer wieder verlangte Auflösung des sich stets erneuernden, verwirrten und verwirrenden Lebensknäuels. Die blitzartige Entladung meiner Wolken. War es für Jay genauso? Jedenfalls schien sie den Sex nach einer so langen Enthaltsamkeit ebenso zu genießen wie ich.

Die Art und Weise, Filme an Bord des Flugzeuges zu schauen, hatte sich gegenüber meiner ersten Reise verändert. Seinerzeit wurde das Entertainmentprogramm noch auf eine Videoleinwand projiziert. Jetzt gab es diese in die Kopfstütze des Vordersitzes eingearbeiteten TFT-Displays, von denen Eddie Murphy als Dr. Dolittle Flugzeit in erträgliche Portionen zerblödelte.

Nach der Landung stellten sich Jay und ich an verschiedenen Schlangen der Einwanderungsbehörde an. Jay wurde als Besitzerin eines amerikanischen Reisepasses etwas schneller abgefertigt und war, als wir uns am anderen Ende der Barriere trafen, damit beschäftigt, unsere Vorräte an Obst und selbst gemachten belegten

Broten in einen Papierkorb aus Edelstahl zu befördern. Mit einem Fingerbreit zu wenig Respekt vor Lebensmitteln für meinen Geschmack.

Das Innere des Abfertigungsgebäudes wurde von rühriger Aircondition auf knapp unter Körpertemperatur gehalten. Ein gorillaähnlicher Mann mit rechteckigem Brustkorb und esstellergroßen Händen wischte in leicht gebeugter Haltung am silbern geschuppten Gepäckband vorbei und verschwand hinter einer Tür. Neben jener Tür gab es einen Stand mit Reiseutensilien, Erfrischungen und neuen New Yorker Tageszeitungen, die ich am liebsten allesamt gekauft hätte. Ich genoss es, meinen Vorrat an deutschem Geld wieder in das Kleingeldfach meiner Reisetasche zu stopfen. Ich liebte es, dabei zuzusehen, wie meine Fünfdollarnote zu zwei Bechern Kaffee und einer Handvoll Münzen atomisiert wurde. Das Kleingeld benutzten wir, um unsere bereits angereisten Freunde auf Staten Island anzurufen, die an diesem dunkler werdenden Oktoberabend auf uns warten würden. Jeder New Yorker Bezirk hat seine eigene Vorwahl. Jay kannte sich aus und hielt mir die funktionierende Zahlenreihe vor den Bauch. Geräusche fremdartiger Gothamelektronik strömten aus dem Hörer, bis sich die vertraute Stimme eines Berliner Freundes mit »Kommando Village Voice, hallo?« meldete.

Draußen vor dem Flughafengebäude überraschte uns drückende Hochsommerwärme, die auf eine schweißbrennerheiße Tagessonne schließen ließ. Hier im anderen Teil der Welt war eben alles ein bisschen anders, und diesen Unterschied hatte ich erträumt und bezahlt. Überglücklich entzündete ich meine erste Zigarette auf Gothamer Boden, und weißer Abendrauch mischte sich unter die Vibrationen meiner Freude.

Wir stiegen in ein Taxi und setzten uns Richtung Staten Island in Bewegung. Da Staten Island eine Insel ist, die einen direkten Vorhof zur Südspitze Manhattans bildet, waren wir uns nicht ganz schlüssig, ob wir den Rest unserer Anreise mit der Fähre wagen konnten. Während wir durchs abendliche Queens huschten, entschieden wir uns schließlich, mit dem Taxi den etwas weiteren Weg über die Zugangsbrücke zur Insel zu nehmen. Schon standen wir auf einem Platz genau vor der Anlegestelle der Staten Island Ferry, und unser Fahrer erkundigte sich bei einem abgerissen wirkenden Typen in fleckigem weißen T-Shirt nach dem Stuyvesant Square. Der Typ wollte für diese kleine Gefälligkeit Geld, was wir unangemessen fanden. So bezahlten wir den Taxifahrer und gingen ein paar Schritte weiter, wo eine Frau und zwei Männer in kurzärmeligen Polizeiuniformen vor einem massigen Gebäude standen. Hier fragten wir nach dem Weg. Nach nur wenigen hundert Metern auf der aufwärts führenden Staten-Island-Wallstreet waren wir am Ziel unseres ersten Abenteuerabschnitts.

In der Wohnung angelangt begrüßte uns die Handvoll Berliner Freunde bestens gestimmt. Kaum hatten wir unsere Reisetaschen ins eigens für uns reservierte Separee für Frischverliebte gestellt, führten sie uns aufs Dach des vierstöckigen Gebäudes, wo es den lang ersehnten Like-Ice-in-the-Sunshine-Blick auf die hinter einem Streifen Wasser liegende Skyline von Manhattan gab. Das WTC ragte aus der Insel der Illusionen hervor und träumte von seiner Zukunft.

Jay und ich fuhren noch einmal mit dem Fahrstuhl die zwei Stockwerke nach unten, um in einem Diner in der Nähe der Fährstation Bier für die anderen zu kaufen. Die indisch aussehenden Ladeninhaber hatten keine Lizenz für berauschende Flüssigkeiten in Papierverstecken, die sich in NY alle naselang fanden. Schwitzende Leute von meist knapp unter dreißig und unbestimmbarer Hautfarbe hielten sie in den Händen, um sie schließlich zu vier Fünfteln ausgeleert an irgendeiner Straßenecke auf den Boden zu stellen.

An diesem Abend überfiel ich Jay, die sich erschöpft von der Flugreise auf dem aus mehreren komplizierten Lagen Matratzen und leichten Bezügen aufgeschichteten Bett ausgebreitet hatte. Das Tier von der anderen Seite des Wassers stellte das Tier von hier auf eigenem Territorium. Ohnmachtsähnlicher, selbstvergessener summender Schlaf in der Fremde folgte für uns beide. Er trug uns Schwindel und einseitige leichte Kopfschmerzen verursachend in den neuen Tag. Wahrscheinlich Sauerstoffvergiftung.

Jetzt begann die beste Zeit, die Jay und ich einander, so gut wir es vermochten, schenkten.

Jay war ein bisschen eher als ich aus dem Zimmer gelaufen, um mit den anderen die Duschreihenfolge zu besprechen. Anschließend kam sie zurück in unser Zimmer, um mit einer Freundin zu telefonieren, die ein paar Flugstunden von NY entfernt im Lande Zeit verbrachte.

Ich spielte ein bisschen auf meiner mitgebrachten Gitarre, um zu erforschen, wie sich die Stadt auf meinen Stil auswirkte. Es tat sich nichts Überraschendes, also zog ich schließlich wie die anderen zuvor den Vorhang der Dusche vor meinem Körper zusammen, um mich mit dem nach Chlor riechenden Wasser der Stadt zu verbinden. Anschließend sagte ich dem Camp im Wohnzimmer guten Morgen und setzte mich an eines der Schiebefenster, um eine zu rauchen. Dieses Fenster zeigte zum Hinterhof, wo eine nur noch durch mehrere Lagen schwarzer Farbe zusammengehaltene Feuertreppe nach unten führte. Ein Fenster ein Stockwerk tiefer auf der anderen Seite zeigte einen Unterarm, der mit zur sich anbahnenden Mittagshitze passender Müßigkeit ein Stück Fleisch in einer Pfanne balancierte.

Ich war zurückgekehrt nach NY, und dieses Mal war ich glücklich.

Unsere Fünfergruppe passierte kurz darauf die Haustür, um nur wenige Parkuhren und einen verbeulten Münzfernsprecher, der an der Wand hing, später zum Frühstücken in einem Diner Platz zu nehmen. Das Diner bestand im Wesentlichen aus einer großen, zur Straße zeigenden Fensterscheibe, ein paar Kombinationen aus runden Stühlen und Tischchen sowie einer angemessenen Anzahl Fliesen. Ein eifriger Staten-Island-Gastronom spachtelte aus unendliche Male gewienerten Stahlblechbehältern Essbares in unsere Richtung.

Ich entschied mich für einen Muffin, den der Mann vorher für mich in die Mikrowelle schob. Den heißen, sehr trockenen Rührteigbatzen verquirlte ich mit der achtfachen Menge an durchaus genießbarem Kaffee im Mund und grinste bestens gelaunt durchs Fenster nach draußen auf die Parkuhren. Jemand lief am Fenster vorbei und redete mit jemand anderem, den es entweder nicht gab oder der zumindest nicht zu sehen war.

S. kaufte eine aus unzerstörbarer Raumfahrtfolie hergestellte Tüte, die Trümmer von Salzbrezeln enthielt. Die salzigen Stücken waren härter als Diamanten und mit einer listigen Schicht aus Honig und Essig überzogen, die den massenhaften Verzehr jener kleinen Köstlichkeit erforderlich machte. Nach diesem ausgiebigen Frühstück schlenderten wir die Wallstreet hinunter zur Fährstation. Die Überfahrt auf der mit gutem alten Postgelb überzogenen Staten Island Ferry dauerte etwa zwanzig Minuten und kostete keinen Cent. Mit einem weiteren, auf der Fähre gekauften Kaffeebecher in der Hand stand ich neben Jay auf der linken Seite der Fähre und schaute beinahe ungläubig in Richtung World Trade Center, das auf uns zu schwamm. Hier an Deck der Fähre vereitelte der frische, sauerstoffhaltige Spätsommerwind einen Vorgeschmack auf die mit der Langsamkeit von Lava zu uns kriechende Hitze Manhattans. Nach dem Anlegen und Verlassen der Fähre stellte sich automatisch bei jedem von uns eine langsamere Art zu laufen ein. Hier war ein Teil Manhattans, den ich bei meiner ersten Reise nicht wahrgenommen hatte. Der südlichste Teil Manhattans, der sich gleich hinter der Fährstation auftat, entpuppte sich als ein Park, der von jetzt an zu meinen Lieblingsplätzen Gothams zählen sollte.

Die Aircondition der MTA-NYC-Transitlinie nahm uns in die kühlenden Arme. Sie zog uns durch die Bowling Green Station weiter zur Mitte Manhattans. Jetzt fuhr ich durch jene Gegend, in der mich damals meine Eifersucht und meine persönliche Hölle bis zur Besinnungslosigkeit geohrfeigt hatten, und ich dachte nicht einmal daran. Nicht in diesen Augenblicken.

Gotham – die Stadt, in der es sich mit der richtigen Gefährtin im Arm auf einem hohen Stapel fremder Matratzen so wunderbar schlafen ließ. Vormittags, wenn Bewegung in unser Camp kam, lag ich am längsten im Bett und spielte auf meiner mitgebrachten Gitarre, während die anderen duschten. Ich versuchte einen Mix aus den sich im Laufe meines Gitarristendaseins nur minimal veränderten Blueslicks und einem gelegentlich eingefügten C-Dur, das meinen persönlichen NY-Song einleiten sollte. Der aber ließ im Augenblick auf sich warten.

An einem Vormittag fuhren wir in die Bronx zum Bruckner Boulevard. Dieser Ort war Schauplatz einer wichtigen Episode aus Tom Wolfes »Fegefeuer der Eitelkeiten«. Die Bronx, einstmals die abgefuckteste und gefährlichste Gegend in Gotham, zeigte sich in der Mittagshitze als durchaus begehbarer Stadtteil mit ein paar interessanten Extras. Die Fenster der Läden, in denen man Zigaretten und Snapple-Limonade kaufen konnte, waren engmaschig vergittert. In einer Querstraße hing ein Paar Turnschuhe an einer Oberleitung. Ein paar in einer Autowerkstatt herumsitzende Mexikaner posierten, erfreut über die willkommene Abwechslung, vor unseren Kameras und winkten uns zum Abschied zu.

Für einen Tag verließen wir Gotham in einem Mietwagen mit Automatikgetriebe. Wir fuhren den Highway entlang durch die Bronx und Yonkers. Außerhalb der Stadt fuhren wir in Schrittgeschwindigkeit an einem Kessel weiß dampfendem Asphalt vorbei, der zu einer Baustelle gehörte. Wasser fiel in langen, schrägen Linien vom Himmel.

Im Ort, den wir zum Übernachten ausgewählt hatten, fuhren die anderen Autos bedächtig und, wie ich fand, übertrieben langsam in der Nähe von Fußgängern. Ich erklärte mir diese Vorsicht mit der sehr amerikanischen Praxis, sich wegen jedem Scheiß zu verklagen.

Am Nachmittag saßen wir am Hudson River neben einer Brücke und sahen ein paar Jungen beim Angeln zu. Jemand hatte seinen nagelneuen VW Beetle kurz vor dem Zugang zum Wasser geparkt. Auf dem Fluss brummte ein Teenager auf einem Wassermoped hin und her.

Die Nacht verbrachten wir in einem nach alten Tapeten riechenden Norman-Bates-Motel, vor dem Kinder ihre schokoladenverschmierten Ärmchen im Licht der Abendlaterne nach den zwei getigerten Hauskatzen ausstreckten.

Zurück in New York umarmte ich ein paar Gebäude zum Abschied und saß bald darauf Snacks verzehrend, Kaffee trinkend und meine Flugangst herunterschluckend an Jay gelehnt in der KLM-Maschine. Im Steigflug blickten wir kurz auf ein Feuerwerk, das irgendwo in der Stadt abgebrannt wurde. Kurz bevor wir die

Wolkendecke durchflogen, blickte ich noch einmal auf die abendlichen Lichter der Stadt. Sie breiteten sich aus wie die sehr teure Diamantenkollektion einer nicht mehr ganz jungen Frau.

Ein weiteres Jahresende zeichnete sich ab. Im Spielzeugladen verteilten sie Geschenktüten an die Mitarbeiter. Es gab Sekt und einen riesigen salzigen Schinkenbatzen zu dem obligatorischen Weihnachtsbonus, der sich bereits auf dem Konto befand. Ich stand hinter der Glasplatte des Verkaufstresens und verabschiedete mich in Gedanken vom Arbeitstag, als das Telefon klingelte. Frostig nahm ich den Hörer in die Hand und spitzte meinen Mund, um das erste Nein in den Hörer zu zischen.

Eine Frau meldete sich am anderen Ende der Leitung als »BKA-Zelt«, was nicht den Tatsachen entsprechen konnte. »Wir haben heute Abend eine Veranstaltung und brauchen dringend drei DAT-Kassetten«, sagte sie, wir sollten jemanden vorbeischicken. Als ich antwortete, der Laden würde in wenigen Sekunden schließen, knackte es ein zweites Mal in der Leitung, und ich versuchte, einen Blick auf meine Ohren zu ergattern, weil ich nicht glauben konnte, wessen Stimme ich plötzlich hörte. Helge Schneider hielt den Hörer in der Hand und wiederholte, was mir die Frau schon gesagt hatte. Er bat mich, die Kassetten im Voraus zu bezahlen und schleunigst ein Taxi zu nehmen, denn bald schon sollte die Veranstaltung aufgezeichnet werden.

Selbst als Nicht-Fan wäre wohl jeder Verkäufer sofort zu dieser kleinen Sonderdienstleistung bereit gewesen. Für mich war das angesichts einer so prominenten Bitte schon deswegen kein Problem, weil ich im zurückliegenden Sommer zum überzeugten Fan des Herrn Schneider konvertiert war. Schuld hatte eine ziemlich oft gespielte Kassette, die mir ein Freund den Sommer über geliehen hatte. Das Band war ein Live-Mitschnitt des Meisters inklusive seiner typischen Ansagen. Ich übertreibe nicht, wenn ich behaupte, während des mehrmaligen Hörens dieses Bandes immer wieder vor Lachen einem künstlichen Koma nahe gewesen zu sein.

So stürmte ich also mit haufenweise Weihnachtsgepäck in den Armen zum Hermannplatz, um ein Taxi zu ergattern. Zu allem Überfluss hatte ich an diesem Abend noch einen sperrigen Pappkarton dabei, in dem eine Bassgitarre steckte.

Das BKA-Zelt war vollgestopft mit Helge-Fans, an denen ich mit einigem Stolz vorbeigelotst wurde. Bald stand ich an der Bar und plauderte, den Pappkarton mit dem Bass zwischen die Beine geklemmt, mit Helges Tontechniker. Jemand saß mit dem Rücken zu den Sitzreihen am Klavier und probierte herum. Es war Helge. Kurz darauf kam er herüber zur Bar, drückte mir die Hand und bezahlte mir das ausgelegte Taxigeld und die Datkassetten, deretwegen ich gekommen war. Wir unterhielten uns ein paar Sätze lang über digitale Aufzeichnungsmöglichkeiten. Helge bot an, mein Gepäck in seiner Garderobe abzustellen. Er lud mich ein, zur Show zu bleiben, und so saß ich eine Viertelstunde später auf einem Platz in der zweiten Reihe. Helge war auf seiner Bühne alles, was man sich von einem Entertainer wünschen konnte. Ein großer Musiker mit einem äußerst lebendigen Humor, der einen spüren lassen konnte, wie gut sich Gegenwart anfühlen konnte. Dazu brauchte man einfach nur Helge zu sehen und zu hören.

Ein neuer Frühling begann.

Wir spielten mit den Bunchaweirdos open air auf dem Teutoburger Platz. Mit Ausnahme von etwa drei Leuten mochte immer noch niemand die Weirdos. Trotzdem gelang es uns, immer mal wieder einen Auftritt zu ergattern. Es spielten mehrere Bands vor größtenteils auf der Wiese herumliegenden kiffenden Spätfrühstückern. Smiley, ein Musikerkumpel aus früheren Zeiten, der mich immer an den Tankwart aus »Bonnie und Clyde« erinnerte, spielte direkt vor uns. Er dürfte der Einzige auf diesem Konzert gewesen sein, der seine Gitarre mit einem röhrengespickten Russenverstärker laut machte. Smiley streckte an Stellen, an denen bei Stücken ernsthafterer Bands normalerweise die Gitarrensoli sitzen, seinem Publikum einfach die Zunge heraus.

Wir machten uns fertig für den Auftritt. Es war heiß geworden an diesem Sommernachmittag inmitten von Berlin. Kaum jemand von den im verbrennenden Gras dösenden Wiesenbewohnern sah zur Bühne. Dies würde ein Tag wie so viele im Leben eines ambitionierten Musikamateurs werden. Ein Tag, an dem nichts Überraschendes geschah. Wir waren nur ein weiterer, den Kifferbrunch bedienender Easy-Listening-Player, der die Echos einer vergehenden Revolution veräußerte.

Unzufrieden und angesteckt von der sich ausbreitenden Trägheit setzte ich mich auf die Wiese und rauchte ein paar Züge vor mich hin. Eben knisterte ich meinen Plastikbecher Kaffee in die Gegend meines Magens, als Mad und noch jemand zu mir herüberkamen. Beide waren, wenn sie nicht auf Konzerte oder in Cafékneipen gingen, mit der regelmäßigen Herausgabe eines Szeneblattes namens *Orange Agenten* beschäftigt. Mad brachte in diesen Nachmittag folgende Neuigkeit:

Tschaka – mein geliebt-gehasster und wieder geliebter Musikerkumpel aus der Band, die ich vor einigen Jahren verlassen hatte – war schwer krank ins Krankenhaus befördert worden. Man zählte ein paar angebrochene Rippen in seinem Körper, die schon Jahre zuvor, vermutlich beim Tragen einer Lautsprecherbox, lädiert worden waren. Ironisch war der Umstand, dass Tschaka sich eigentlich immer um das Tragen der Anlage vor und nach den Konzerten gedrückt hatte. Vor den Konzerten kam er zu spät zum Beladen des Autos, nach dem Konzert war er meist zu besoffen oder zu bekifft und schlief.

Ein paar Tage nach dem Open Air rief ich Rexin, unseren ehemaligen Manager, an, um mich zu erkundigen, wo und wann ich Tschaka im Krankenhaus besuchen könnte. Rexin klang ernst und erwachsen am Telefon. Nach einem kurzen Begrüßungspalaver sagte er, Tschakas Diagnose laute Lungenkrebs und man hätte schon Metastasen in seinem Gehirn gefunden. Die Nachricht riss an meinem Alltag wie die Gravitation an einem Achterbahnwaggon in der steilsten Kurve. Tschaka würde bald sterben, um diese Tatsache war schwerlich herumzuhoffen.

Draußen auf der Schildhornstraße kochte der Sommer. Die Leute gingen in die Geschäfte und fragten nach speziell geschwärzten Sonnenbrillen, um die baldige Sonnenfinsternis zu beobachten. Die Jahrtausendwende stand bevor. Wie würde das alles in diesem Augenblick für Tschaka aussehen? Ich stellte mir vor, wie er, ein Meister des tiefen Schlafes und der einen ans andere Ende der Welt beamenden Träume, nun jeden Tag erwachte, um, sobald sich die Gedanken auf die sogenannte Realität ausrichteten, von einer schallenden Ohrfeige ins Sein gerissen zu werden. ICH HABE LUNGENKREBS. ICH WERDE BALD STERBEN.

Mit gekochten Nudeln an Stellen, an denen sich meine Beine befinden sollten, schlich ich in Schlangenlinien durch das wegen der Sommerhitze von einem grünen Vorhang abgedunkelte Wohnzimmer und versuchte, in meinen ehemaligen Alltag zurückzufinden. Jays PC war eingeschaltet. Mit dem Analogmodem wählte ich mich ins Internet und suchte nach alternativen Therapiemöglichkeiten für Lungenkrebs. Es gab da so einen Ort im

Westen des Landes, an dem die Krankheit ganzheitlich, also unter Einbeziehung des gesamten Körpers und – wichtiger noch – der Seele angegangen wurde. Während ich auf das Ausdrucken der Informationen wartete, probierte ich die frisch eingebaute Typhoon-Soundkarte aus. Ich steckte das Mikrofon in die Rückseite des PCs und machte eine Sprechprobe. »Tschaka lebt«, sagte ich in die Kapsel und glaubte das nur ungefähr mit der Hälfte meines Ichs.

Auf dem Fußboden lag ein mit einem Rotor und zwei leichten Messingstangen versehener Elektromotor, der an eine backsteingroße Bleibatterie angeschlossen werden konnte. Der Motor flog undefiniert durchs Zimmer, solange es das Zuleitungskabel zuließ. Im Augenblick interessierte mich dieses selbst erfundene Spielzeug nicht. Ich brauchte etwas Intensiveres, das meine Begegnung mit Tschakas Hoffnungslosigkeit neutralisieren könnte.

So ging ich auf den Balkon und mischte gut gekühlte Nitriersäure mit ein paar Tropfen Glyzerin in einem Glasbehälter. Anschließend verließ ich die Wohnung für ein paar Stunden. Ich sah, während ich die Schildhornstraße hinunter, vorbei an dem Aggregat für Feinstaubmessung, zum Bierpinsel lief, noch einmal hinauf zum Balkon. Auf dessen Boden lauerte ein kleines Reaktionsgefäß, das jetzt Nitroglyzerin enthielt.

Wenige Tage vor der Sonnenfinsternis, einige Monate vor dem Millennium, überwand ich mich, Tschaka anzurufen. Rexin hatte mir erzählt, dass sich Tschaka inzwischen einer Chemotherapie unterzogen und einige Dosen harter Strahlung hinter sich hätte. Nach anfänglich guter Verträglichkeit hätten ihn ein paar seiner Gefährten nach Hause gebracht, aber schließlich wäre ihm schlecht geworden, und er hätte gekotzt. Sein Körper war jetzt ein Zigaretten rauchender, hustender Organismus, dessen Bauplan ein Wind unbekannter Herkunft aus dem Fenster geweht hatte. Was würde sonst noch von Tschaka übrig sein? Ich hielt den karamellfarbenen Hörer von Jays Wählscheibentelefon in der Hand und hatte keine Ahnung, was ich sagen würde. Es knackte in der Leitung, und es folgte das letzte Telefongespräch, das ich in diesem Leben mit Tschaka führte. Tschaka wurde einsilbig, sobald ich begann, über seinen Zustand zu reden. Ich fragte, ob er Schmerzen hätte. »Ich nehme Tabletten.« Das war alles, was er sagte.

Jay kam nach Hause und setzte sich draußen auf den Balkon. Unten auf der Straße wieselte der Berufsverkehr. Man hielt es hier auf der Ausbuchtung unserer Wohnung nur aus, wenn man Kopfhörer trug. Jay hatte vermutlich ihre Lieblings-CD von Oasis in den Ohren, als ich ihr von Tschakas Zustand erzählte. Sie legte die Kopfhörer beiseite und weinte. Als in Kansas City aufgewachsene Baptistin glaubte Jay eigentlich nicht mehr an den Gott, der ihr einst versprochen worden war. Aber hier auf dem Balkon sagte sie, während unten auf der Straße jede Menge Gründe für einen vorzeitigen Tod vorbeirauschten, dass Gott, wenn er doch existieren sollte, den Menschen nie mehr Schmerzen aufbürden würde, als sie imstande wären zu ertragen. Sie sagte auch, ich solle Tschaka im Krankenhaus besuchen.

Das Krankenhaus Heckeshorn liegt am Wannsee zwischen Berlin und Potsdam. Der Bus brachte mich mit einer Ladung Nachmittagsfahrgäste das Stückchen vom S-Bahnhof über eine Brücke und dann in einer Schlängellinie auf den Berg hinauf, auf dem das Krankenhaus steht. Ein Stückchen führte die Fahrt vorbei an der Uferlinie des Wannsees, wo sich die Bootshäuser der privilegierten Parallelgesellschaft befinden.

Tschaka lag angezogen auf dem Bett und schlief schwer und ungleichmäßig atmend, als ich eintraf. Ein paar Freunde waren in seiner Nähe. Jeder von ihnen ein Geschöpf einer mehr oder weniger bewusst andersartigen Lebensweise. Alle beeinflusst von dem, was sich zwischen den 60er Jahren und der Gegenwart abgespielt hatte, standen sie jetzt um Fassung ringend vor einer Variante, wie das alles zu Ende gehen könnte – vor Tschaka und seiner in der heißen Sonne dieses Sommers schnell schmelzenden kleinen Zukunft.

Der schlafende Tschaka ähnelte einer Marionette, die von sehr sanfter Hand geführt wurde. Als diese Marionette erwachte, morphte ihr Gesicht zu einer erfreuten Grimasse, die schnell vom hellen Schein eines strahlenden Augenpaares beleuchtet wurden. Stille und selbstverständliche Fürsorge verbreiteten sich im Raum. Tschaka bäumte sich auf und hustete. Jemand fand sich, um die Schleimbrocken, die Tschakas zerbrechendes Atemsystem absonderte, in einem Taschentuch aufzufangen.

Wir gingen mit Tschaka auf die Terrasse, um ein paar Zigaretten zu rauchen und Kaffee aus Plastiktassen zu trinken. Tschaka interessierte sich in diesen Momenten mehr für seine Gäste als für sich selbst, jedenfalls sprachen weder er noch seine Besucher viel über seinen Zustand, sondern die Unterhaltungen drehten sich um das, was in der Stadt vor sich ging. »Matrix« wurde in den Kinos gezeigt, und eine neue Folge »Star Wars«.

Als ich mich verabschiedete, steckte mir Tschaka eine Musikkassette zu und sagte, das sei das Beste, was er in letzter Zeit gehört hätte. Auf der Fahrt nach Hause legte ich das Band in meinen Walkman. Das also waren Blumfeld. Mich überraschte, wie weich das alles klang, und der Teil in mir, der Hörner trägt, dachte, diese Sanftheit hinge damit zusammen, dass Tschaka in den letzten Jahren begonnen hatte, mit Männern zu schlafen. Jedoch überraschten mich die ungewöhnlich langen Blumfeld-Texte und deren Ausdrucksfähigkeit.

Am Spätnachmittag vor jener Nacht, in der Tschaka starb, traf sich noch einmal eine Auswahl seiner Freunde im hellen Krankenhauszimmer. Tschaka lag auf seinem Bett, und seine Arme waren an mehrere Flaschen angeschlossen. Obwohl ein durchsichtiger Schlauch laufend Sauerstoff in seine Nase drückte, kämpfte Tschakas Körper um jeden weiteren Atemzug.

Die Krankenschwester kam noch einmal vorbei, um Tschakas Blutsauerstoff zu messen, und sagte, dass der den Umständen entsprechend ausreichend hoch sei. Sie war gleichzeitig ernst, freundlich und sparsam in ihren Äußerungen und Bewegungen.

Der Abend kam durch die Fenster zu uns herein. Das Zimmer veränderte sich. Wahrscheinlich war der nahe Wannseewald schuld an den sich in allen Ecken des Zimmers versammelnden Kreuzspinnen, die sich auf die nächtliche Jagd nach Insekten vorbereiteten. In dieser Hinsicht passte das Zimmer zu den gruseligen Fantasien vom nächtlichen Sterben, die mich durch meine Kindheit begleitet hatten.

Die Krankenschwester kam noch einmal vorbei. Sie sprach leise und bot sich an, eine Klappliege aufzustellen für den Fall, dass sich jemand aus der sich freiwillig zusammengefundenen Nachtwache ein Weilchen ausstrecken wollte. Abwechselnd verließen wir jetzt das Zimmer, um vor der Tür eine zu rauchen und ein paar leise Sätze zu tauschen. Ich setzte mich eine Weile an Tschakas Bett, um seine Hand zu halten. Die Haut und die Härchen auf Tschakas Arm waren von den meinen kaum zu unterscheiden. Zwei menschliche Organismen, so dicht nebeneinander. Der eine würde das Krankenhaus in dieser Nacht verlassen, um seines Weges zu gehen. Im anderen Organismus, nur wenige Handbreit entfernt, kämpfte Tschakas genetischer Bauplan gegen sein verzerrtes Spiegelbild.

Ich fuhr früher als der Rest der Nachtwache nach Hause. Am kommenden Tag würden wir mit der Band auftreten.

Vor unserem Auftritt liefen Jay und ich durch den Wald, um uns einzusingen. Wir spielten und taten unser Bestes, diesen Nachmittag in einen rockenden Abend übergehen zu lassen. Bald standen wir schwitzend am Bühnenrand und warteten auf den Auftritt der nächsten Band. Als Freygang spielte, kam Bewegung in das vorher eher verhaltene Wiesenpublikum. Abgelegte bürgerliche Existenzen tanzten einvernehmlich miteinander und feierten den Moment ihrer Wiedergeburt als Teil einer anarchistischen Schattenkultur.

André und Tatjana luden mich auf die Bühne ein, um eine unser gemeinsamen Hymnen in die nach Speichel riechenden Kapseln der SM58-Mikrofone zu lassen. Während ich gleichzeitig heulte und lachte, wusste ich, dass Tschaka inzwischen tot war.

Ein kalter, sonniger Tag am Prenzlauer Berg. Für uns Musiker und sonstige Aktivisten gelten meist andere Gepflogenheiten als für die anderen Bewohner des ehemaligen Ostens. Wir leben anders, aber wenn es ans Sterben geht, ist der alternative Stil kaum zu gebrauchen, denn er ist ein Lebensstil. An jenem Vormittag sahen wir zu, wie das, was ehemals Tschaka gewesen war, in einer Holzkiste in der Erde des Prenzlauer Berges versenkt wurde. Fast jeder, der Tschaka wichtig gefunden hatte, lief dem Karren, auf dem der Sarg die zehn Meter zum braunen Erdloch geschoben wurde, hinterher. So also endete die Existenz von einem von uns. Jemand las eine Rede, die Schauspielerin, mit der Tschaka eine Zeit lang gelebt und gestritten hatte, sang etwas, jemand heulte, jemand lachte, und die Tränen der einen und die Heiterkeit des anderen mischten sich zu einer neuen, unbekannten Komposition. Rübe, der Rüsselsheimer Bassist, der seinen Sound einmal in eine Lebensphase der Ichfunktion gemischt hatte, warf eine letzte Zigarette zu Tschaka in die Grube.

Ab jetzt begann Tschaka, Vergangenheit zu werden.

Im Schokoladen probten während der folgenden Tage Zusammenschlüsse von Musikern, die sich einen Abend lang von Tschakas musikalischer Seele verabschieden würden. So traf ich zum ersten Mal seit vielen Jahren im Übungsraum mit Jens zusammen – und Jens mit einem Deckenventilator. Das kam so: Wir bereiteten uns als Kern der Exfunktion auf unseren einmaligen Auftritt vor und konzentrierten uns auf die Songs, mit denen wir uns von Tschaka verabschieden würden. Über dem Schlagzeug hing ein Propeller mit langen, silbernen Rotorblättern, die nur wenige Handbreit über Jens' Kopf zischten. Einige Rauchpausen lang ging das gut, aber schließlich war die eine gekommen, in der Jens beim Aufstehen einen üblen Schlag gegen die Stirn einzustecken hatte und sich der Teppich vor dem Schlagzeug mittels großer Mengen von Jensblut in ein sattes, nasses Rot verfärbte. Wir rasten die schmale Kellertreppe hinauf und stoppten einen Wagen für medizinische Notfälle auf der Torstraße.

Zum Auftritt war Jens bis auf eine dekorative Narbe auf seiner Stirn wieder okay. Und weil unser Teil des Konzertes ziemlich gut verlaufen war, beschlossen Jens und ich, mehr miteinander zu tun.

Bald hatten wir eine Band, die wir JUNI nannten, und keine Ahnung davon, dass ziemlich bald darauf eine Band gleichen Namens enormen Erfolg haben würde. Wir probten im Domino in der Prenzlauer Allee, wo ich bereits mit den Bunchaweirdos zu Hause war. Wir hatten jetzt ein Mädchen namens Regine in der Band, die Gitarre spielte. Sie lebte mit einem anderen Mädchen zusammen. Regine war eine Freundin von Jens, also freundeten auch wir uns schnell miteinander an.

Juni klangen anders als die Bunchaweirdos. Ich benutzte eine andere Gitarre und einen glasklar klingenden Verstärker, der Jens gehörte. Die Texte schrieben wir gemeinsam in den Zigarettenpausen. Jens hatte eine Liste mit Themen dabei, über die er Songs schreiben wollte. Daraus suchten wir uns etwas heraus und machten uns jeder für sich dazu Notizen. Anschließend gingen wir zurück in den Übungsraum, damit ich das Geschriebene an die Musik anpassen konnte.

Die blaue Stunde

Der Morgen noch nicht gekommen
Die Nacht noch nicht vorbei
Stille, Schweigen, schlafen selbst die Träume?
Dann beginnt der Tag mit einer neuen Runde

Einsilbige bunte Vögel mit tauglitzernden Federn
zum Frühstück eine Platte von Desmond Q.
Langsam schlagende Herzen üben den Vormittagstakt
kältester Moment des Tages, nicht so wichtig.
Frösche frühstücken geschützt im wabernden Nebel.

Warum verpenne ich das so oft?

Das Jahrtausend schmolz in kürzer werdenden Wochen jener Zukunft entgegen, von der sich einige so viel versprachen, während sich andere ängstigten. Jay war zum großen Wechsel nach Kansas City geflogen, um bei ihrer Familie zu sein. Ich lag mit fast vierzig Grad Fieber im Bett und zappte mich mit vom Schüttelfrost zitterndem Unterarm durchs Nachtprogramm des Kabelfernsehen.

Bei einem Film namens »Strange Days« blieb ich hängen. Juliette Lewis, die ich aus »Natural Born Killers« kannte, spielte hier das lebende Sexspielzeug eines Clubbesitzers in LA. Im Film, der sich mal wieder um den Verfall der westlichen Lebensart drehte, stand Juliette plötzlich auf einer Bühne und sang die Coverversion eines Songs von PJ Harvey.

»Hardly Wait« bohrte sich sofort in mein vom Milleniumsfieber geschütteltes und von Sehnsucht nach Jay angesägtes Nervensystem. Ich schob die einen Abend zuvor in Polen gekauften Feuerwerksgeschosse beiseite und versuchte, Sappho in die Arme zu nehmen. Sappho maunzte sich aber nach wenigen Augenblicken zurück unter die Bettdecke, und ich hatte wieder einmal mir selbst zu genügen.

In der Jahresendnacht rief mich Jay aus Kansas City an. Sie klang am Anfang unseres Gespräches zärtlich, wurde aber schnell ungeduldig, als ich ihr von meinen Tagen ohne sie erzählte. Etwas ging in ihr vor. Sie war unzufrieden mit dem, was in Berlin aus ihrem Leben geworden war.

Im Frühling darauf fuhren wir noch einmal mit Freunden zusammen an die Ostsee, um ein paar Tage Urlaub zu machen. Jay war mit allem unzufrieden und wirkte streitlustig auf mich.

Zurück in Berlin klangen unsere Gespräche anders als sonst. Ohne Eifer, distanziert, leidenschaftslos. Eine beliebig austauschbare, oberflächliche Freundlichkeit hatte alles andere ersetzt. Wir sahen die erste Staffel von »Big Brother« auf RTL.

Jemand aus dem Spielzeugladen rief an, um sich Geld von mir zu borgen. Abends bekam Jay einen Anruf von den Veranstaltern einer Show, für die sie sich vor dem Urlaub beworben hatte. Es wäre für sie eine Möglichkeit gewesen, in Berlin für ihre Arbeit als Schauspielerin bezahlt zu werden. Als die telefonische Absage ins abendliche Wohnzimmer hereinklingelte, wirkte Jay gefasst. In diesen Minuten ahnte ich nichts von der Weiche, die sie längst gestellt hatte.

In den folgenden Tagen verließ Jay mich und bald darauf die Stadt. Wir aßen noch einmal gemeinsam zu Abend und redeten nun, wo es um nichts mehr ging, wie alte Freunde. Ich sagte, ich würde von jetzt an aufhören, nach einer Frau zu suchen.

Und drei Tage allein

Wir saßen in einer dicken Wolke aus Zigarettenrauch. Hilke, unsere Nachbarin, die mit Andi, dem Gitarristen der Bunchaweirdos, zusammenlebte, feierte Geburtstag. Ich rutschte auf Händen und Füßen den beiden Hauskatzen Momo und Gigi hinterher.

Heute Abend würde ich Pete kennenlernen. Andi hatte mir erzählt, Pete wäre ein begabter Gitarrist ohne feste Band. Jemand, der besessen von der Suche nach dem ultimativen Song Nacht für Nacht an seinem Vierspurrekorder hockte und eigene Kompositionen aufnahm. Pete kam als letzter Gast zu uns in die Rauchwolke, um sich eine selbst gedrehte Zigarette in den Mund zu stecken. Rasend schnell bildeten wir einen emsig über Musik diskutierenden Dipol. Wir würden etwas zusammen tun, so viel zeichnete sich schnell ab.

Ich zog nur wenige hundert Meter entfernt in eine Zweizimmerwohnung. Als ich mich von Jay verabschieden wollte, telefonierte sie gerade. Ich versuchte, sie auf die Wange zu küssen, aber sie kicherte nur nervös und ein bisschen zu laut, um sich schließlich ganz wegzudrehen.

Alles in allem ging es mir nicht schlecht. Ich hatte meinen Job im Spielzeugladen, meine Band, meine Freunde und von jetzt ab virtuellen Sex aus dem Internet, so oft ich es wollte. Kurz bevor ich bei Jay ausgezogen war, hatte mir jemand eine CD-Rom mit einem Sexbrowser darauf geschenkt. Die CD stammte von der alljährlich in Berlin stattfindenden Erotikmesse. Virtueller Sex war ein guter Ersatz für die Realität, die für mich einfach nicht funktionieren wollte.

Einmal auf den Geschmack gekommen, beantragte ich einen schnelleren Internetanschluss und nicht viel später einen noch schnelleren. Ich war richtig süchtig geworden nach der beinahe unerschöpflichen Bilderflut aus geheimnisvollen, moddrigen Quellen. Die virtuelle Welt wurde jetzt auch in sexueller Hinsicht mein zweites Zuhause. Sie war der nahezu perfekte Ersatz für die in zu vielen Hinsichten zu komplizierte Realität. Vor allem aber waren meine virtuellen Abenteuer beinahe jederzeit verfügbar und – das war das Beste daran – nicht in der Lage, mich zu verletzen.

Windows 98 wurde langsam Geschichte. Ich benutzte es trotzdem. Mit dem Microsoft-Flugsimulator 98 steuerte ich mich durch die virtuell nachgestellten, stark vereinfachten Landschaften um NYC zurück an den Ort, der mich in diesem Leben einmal verletzt und einmal erfreut hatte. Ich flog mit einer verpixelten Cessna gegen das WTC.

Im Spielzeugladen tauchte jetzt immer häufiger die geheimnisvolle Abkürzung MP3 auf. Massenweise Musik würde jetzt auf Geräte in der Größe von Radiergummis passen. Für mich als Musiker bedeutete das auch, bald würde das digitale Aufnahmestudio für den PC für jedermann verfügbar sein. Überall hörte und las ich jetzt von Softwareprodukten wie Logic Audio und Cubase.

Die Stimmung im Laden war angespannt, weil zu dieser Zeit alles umgebaut wurde. Ich bekam einen neuen Kollegen. Er war groß genug, um als so ziemlich einziger Verkäufer jederzeit hinter den Reihen von Regalen sichtbar zu sein wie ein Leuchtturm mit gelgesteiften Haaren. Olivetti hatte ursprünglich die Polizistenlaufbahn einschlagen wollen, sich dann aber anders orientiert. Unter einem Satz paralleler Brauen schaute eine Garnitur durchaus aufmerksamer Augen in die neue Arbeitsumgebung, und der darunter befindliche Mund stellte sich als Musikfan vor. Die Herren, die außer mir in meiner Abteilung arbeiteten, hatten sich einmal darauf geeinigt, erstens schwul und zweitens politisch eher links oder wenigstens neutral zu sein. So löste Olivettis Bewunderung für die Böhsen Onkelz, die, wie er meinte, gute Texte machten, große Heiterkeit aus. Musikalisch kreuzten sich jetzt zwei Flüsse. Zwar steckte ich so gut wie nie eine meiner CDs von The Offspring oder Papa Roach in die zum Vorführen von Lautsprechern gedachte Anlage, griff aber oft genug zu einer zum Verkauf bestimmten E-Gitarre und schickte einen Schwall Trashfood-Punk'n'Roll quer durch die Etage des Ladens. Olivetti hörte meistens andächtig und respektvoll zu, um mich dann zu fragen, ob ich nicht auch etwas Softeres spielen könnte. Ich schaltete den im Verstärker eingebauten Verzerrer ab und zupfte also Feingeklöppeltes, das wie das Plätschern aus einer Rohrleitung für lauwarmes Wasser klang. Jetzt war Olivetti zufrieden, aber schon schob ich den Schalter des Verstärkers wieder auf Betriebsart Hölle, und Olivetti wich zurück an den Verkaufstresen.

Die Sache mit dem Geld verhielt sich so: Es war eigentlich nie welches da. Man merkte, wenn man im Spielzeugladen arbeitete, kaum den Unterschied zu dem, was man hatte, als man sich als Arbeitsloser durch die Tage mogelte. Es gab aber einige Unterschiede, und der wichtigste dürfte der Umstand gewesen sein, über einen XXL-Dispokredit verfügen zu können.

Ein neuer Vorfrühling zeigte sich in der Stadt mit einer dazu passenden Urlaubswoche für mich. Es war

Zeit, einmal London zu besuchen – die Stadt, die ich bislang nur aus dem längst verdunsteten Englischunterricht meiner Schulzeit kannte und von Erzählungen anderer.

Unanständig früh am Morgen landete mein Fluggerät in London City, auf einem der Flughäfen außerhalb der Stadt bei den Docks. Jeder aus dem ehemaligen Osten der Republik stammende Reisewütige kann wahrscheinlich nachvollziehen, dass bei meinen ersten Schritten auf Londoner Boden eine Springflut von Glückshormonen durch meine Blutbahn schoss.

Ein Shuttlebus summte mich und eine Handvoll anderer Reisender vorbei an einzigartigen Häuschen in Richtung Liverpool Street. Das Einzigartige an den Häuschen waren die Schornsteine auf den Dächern, die mich an Illustrationen aus Charles-Dickens-Büchern erinnerten. Schon dieser Anblick wäre das mühsam bezahlte Flugticket wert gewesen. Am Bahnhof Liverpool Street setzte als Erstes eine durch Reisefieber verursachte Begriffsstutzigkeit ein. Verwirrt drehte ich mich in alle Himmelsrichtungen und versuchte zu kapieren, welche U-Bahn-Linie mich zum Hotel bringen würde. Schwärme von Londonpassanten schwemmten mich von einer Ecke des Bahnhofes in die andere, und ich versuchte mit mäßigem Erfolg, einen Rhythmus zu finden, der es mir in dem Meer gescheuchter menschlicher Zellformationen ermöglichen würde, eine selbst gewählte Richtung einzuschlagen. Schließlich erreichte ich Paddington und beschloss, die letzten paar hundert Meter zu Fuß zu laufen. Vorbei an Mietshäusern und Telefonzellen, die innen mit den Visitenkarten in Reizwäsche gehüllter käuflicher Damen beklebt waren, führte mich mein Weg eine Straße entlang zum Lords Hotel.

Die Dame am Empfang sagte, mein Zimmer wäre erst in zwei Stunden bezugsfertig. So machte ich einen

Spaziergang die Straße hinauf, und ehe ich mich versah, befand ich mich mitten in Notting Hill – in einer Filmkulisse, die ich bislang nur aus einem Julia-Roberts-Film gekannt hatte. Es begann zu regnen. Ich zog den Kopf ein und ging um ein paar Ecken. Hier, ganz in der Nähe des Hyde Parks, gab es einen Laden, in dem neue und gebrauchte CDs verkauft wurden. Das Schaufenster war mit Maschendraht vergittert. Auf einem Pappschild war mit Filzstift eine Warnung vor Ladendieben verfasst worden.

Meine Vorräte für London hatte ich größtenteils zu Hause in Berlin vorbereitet. Der Hauptteil bestand aus ausreichend Zigaretten und bei Aldi gekauften und zu Hause übereinander geschichteten Brot-Salami-Käse-Ketchup-Türmen. Sogar Kaffee hatte ich in einer Eineinhalb-Liter-Flasche dabei.

Mein Hotelzimmer bestand aus einem Bett, einer Lampe, einem Fernseher und einem winzigen Waschraum, in dem das Zähneputzen zu einem riskanten Stunt wurde. Mehrere Male konnte ich es nur in letzter Sekunde verhindern, beim Hin-und-her-Schrubben der Zahnbürste mit meinem Ellbogen Fliesen von der bedrohlich nahen Wand zu entfernen.

Das also war London. Ich hatte mir in Berlin Plätze herausgesucht, die ich besuchen wollte. Die meisten stammten aus der Autobiografie von John Lydon, ehemals Sänger der Sex Pistols. Ich besuchte die Oxford Street, wo sich der legendäre 100 Club befand, in dem einst die ersten wichtigen Punkbands auftraten. In der Denmark Street, in der Lydon gewohnt hatte, gab es einige Geschäfte, die E-Gitarren verkauften, und ein paar Clubs.

Ich betrat eins der Geschäfte und staunte über einen Regenschirmständer, in dem gebrauchte, fleckige Gitarrenhälse steckten. Der Finsbury Park, in dem sich einst Herr Lydon herumgetrieben hatte, um nach anderen Kindern mit Steinen zu schmeißen, war jetzt von heiseren Graugänsen bevölkert, die futuristische Laute in die von Regenwasser geschwängerte, kühle Parkluft absonderten. Ich nahm die Circle Line und verließ nach einem Umstieg die Tube, um in Brixton auszusteigen. Es gibt einen Song von Clash, der »Guns of Brixton« heißt. Deswegen sah ich mich jetzt hier um. Es gab eine kleine, niedrige Neubaukirche mit angeschlossenem Kindergarten. Ein Angler kam vorbei. Ich lief ein paar Meter und stand vor einem Hochhaus, das etwa zwanzig Stockwerke maß. Die meisten seiner Fensterscheiben waren zerschlagen und mit Stofffetzen zugehängt. Vor dem Haus lag eine zerbeulte Waschmaschine mit gebrochenem Rückgrat.

Am Freitagabend vor meinem Rückflug ging ich durch das Stadtzentrum spazieren, auf der Suche nach einer angemessenen, vor allem aber bezahlbaren Abendbeschäftigung. Junge Männer und Frauen saßen an Tischen in den Restaurants oder schlenderten locker plaudernd zu den Kinos. Ich fühlte mich, als würde ich das alles von außen durch eine Fensterscheibe betrachten. Die durchbrach ich, indem ich mich in eine Schlange stellte, die mich zum London Eye führte. Die Fahrt auf diesem Riesenrad, von dem aus man die ganze Stadt überblicken kann, würde ich bezahlen können. Mit ein paar anderen Leuten und deren Kindern schwebte ich in einer sich drehenden gläsernen Blase hinauf in den Londoner Wochenendhimmel und gehörte jetzt für einige Minuten dazu.

Im Flugzeug nach Berlin blätterte ich in einem Comicbuch, das ich im Forbidden Planet in der Oxford Street gekauft hatte. In der Geschichte wurde ein junger Lord solange von seiner Gouvernante am Kacken gehindert, dass er am Ende einen Diamanten aus dem Enddarm drückte.

Zurück in Berlin warteten neue Verabredungen auf mich.

Freunde von mir spielten in Dresden. Smatka Molot – die Band, die einem, wenn sie fertig mit ihrem Auftritt war, das Gefühl vermittelte, man hätte soeben Ausnahmesex gehabt. Und Chicago Jazz. Sie waren die Hauptband des Abends. Die Protagonisten dieser Band – zwei Brüder aus dem mir eng verbundenen Musikantenhumus des ehemaligen Ostens – dürften bei den anwesenden Damen einen ähnlich Hormonschub verursacht haben wie Smatka und ihr Reizwäscheinstitut bei den Herren. Das Konzert wurde im Schlachthof 5 veranstaltet. Das war nicht nur ein Ort, sondern auch ein Buch. Das bekannteste Werk von Kurt Vonnegut, dem Erfinder von Eis9.

Vor dem Auftritt machte ich mit ein paar Leuten einen Spaziergang entlang des überfluteten Elbufers. Dresden war kurz vor unserer Ankunft ertrunken, und so gingen wir auf einer Wasserleiche spazieren. Wir glitschten von Findling zu Findling und fragten uns, wo diese riesigen Gesteinsbrocken herkamen. An einem mit Plastikbändern abgesperrten Gelände machten wir Rast und sahen Feuerwerkern, die sich um ihre Abendveranstaltung kümmerten, beim Entladen ihres Kleintransporters zu. Anschließend gingen wir zurück in den Schlachthof und brüllten uns während der Konzerte freudestrahlend Bemerkungen zu, die niemand verstand.

Nach den Auftritten statteten wir dem Backstage-Bereich einen Besuch ab, wo es nach Schweiß, Cola-Resten und Brötchen roch. Ich traf eine alte Bekannte aus Berlin, die mit ihrem mit Blattgold belockten Sohn gekommen war. Er trug ein Skateboard unter dem Arm. Ich kannte ihn noch aus einer Zeit, als er gerade mal ein paar Sätze sprechen konnte. Jetzt war er ein ansehnlicher Vertreter der Generation Y. Generation X, das waren wir etwas in die Jahre gekommenen Anfang-Vierziger. Einige von uns hatten Douglas Couplands »Generation X« gelesen. Die Generation Y war zwangsläufig die nach uns folgende. Die Musiker, die heute Abend auf der Bühne spielten. Smatka, Chicago Jazz und Emil, der jetzt vor mir stand und sich nicht an mich erinnerte.

Generation Y. Danach kommt Generation Z, und was dann?

Emil war im Begriff, Gitarrespielen zu lernen. Durch meine Arbeit im Spielzeugladen hatte ich mittlerweile eine ziemlich große Kollektion an elektrischen Gitarren. Eine von ihnen hatte ich seinerzeit aus reiner Habsucht gekauft. Die schwarze Kopie einer Flying-V-Gitarre würde ich Emil aus alter Freundschaft zum Geschenk machen.

Y. und Emil statteten mir im folgenden Herbst einen Besuch in meiner Wohnung ab. Sie machten die weite Reise durch die vom Herbstwetter verdunkelte und durchfeuchtete Stadt auf Y.s Motorroller. An diesem Abend fühlte ich mich freudig aufgeregt, weil etwas für mich Besonderes geschah. Früher hatte mich kaum jemand in meiner Wohnung am Rande der Stadt aufgesucht, doch jetzt, nach einigen Jahren selbst gewählter Einsamkeit, gehörte ich für ein paar Stunden einer kleinen Familie an. Einer Familie, deren Mutter eine schöne Frau aus dem eigenen Stall war, und deren Sohn meiner Wunschvorstellung von einem Exemplar jener Generation entsprach, der die wie auch immer geartete Zukunft gehörte.

Den halben Abend brachten wir mit dem Ausprobieren von Powerchords zu – jener abgespeckten Variante von Gitarrengriffen, die durch ihre Geschlechtslosigkeit reine, vorzeichenlose Energie verströmten. Der anderen Hälfte des Abends gehörte die Feuerwerkerei. Emil und ich kauerten auf dem Steinfußboden meiner Küche, um eine Feuerwerksmischung auszuprobieren, wobei mir Y. einen Weg zeigte, Baumwollfäden zu einer dickeren Schnur zusammenzudrehen, um Zündschnur daraus zu machen. Als mich die beiden an diesem Abend nach einem gemeinsamen Spaziergang ums Haus verließen, hatte ich das Gefühl, meiner Traumfamilie begegnet zu sein. Etwas aber hatte mich an diesem und an jedem folgenden Abend daran gehindert, Y. anders in die Arme zu nehmen als unter alten Freunden üblich. Falls sie das überhaupt gestattet hätte. Es mochte daran liegen, dass jene Familie einmal zu einem meiner musizierenden Kumpels gehört hatte. Es war die Familie eines anderen.

Bald darauf ergab sich, weil einige Musiker zu einer anberaumten Probe der Weirdos nicht erscheinen konnten, eine Session mit Pete. Robert von den Weirdos saß am Schlagzeug inmitten einer Batterie von Bierflaschen. Wir versuchten uns an drei Songs, von denen einer »Hardly Wait« war. Die anderen zwei unterschieden sich insofern, dass der eine einen für meine Verhältnisse langen deutschen Text hatte, den ich in weniger als einer Viertelstunde verfasst hatte. Der andere war auf Englisch und griff eine Begegnung mit Jello Biafra von den Dead Kennedys auf, der einige Monate zuvor Berlin besucht hatte. Diesen Song nannten wir »Buy some more stuff!«.

Für die Bassgitarre hatten wir jetzt Xavier, eine undeutlich und stark akzentuiert nuschelnde französische Van-Dannen-Kopie, in der Band. Xavier besaß fast nichts außer seinem Bass, dem Ampex-Comboverstärker, seiner außerordentlichen Wirkung auf Frauen und einem kleinen Messer, das er bei Streitigkeiten gerne kurz herausholte.

Robert nannte unsere Band THE ÄHH.

Dieser Tage hörte ich Avril Lavigne, Limp Bizkit und immer wieder die selbstmitleidige Powermollattacke »Last Resort« von Papa Roach. Cut my life into pieces …

Andi von den Weirdos betrieb mit einem langjährigen Freund zusammen eine Softwarefirma in Charlottenburg. Die zwei begannen eines Tages, im Freundeskreis herumzufragen, wer in einer Testklasse für einen Computerkurs mitmachen würde. Ich meldete mich mit ein paar anderen Leuten an, die ich von Geburtstagspartys kannte, und hatte von jetzt ab drei Bands, meine Arbeit und den Kurs. Einmal wöchentlich trafen wir uns in einer weiteren Wolke aus Zigarettenrauch vor einer Tafel, die mit rotem und schwarzem Magic Marker beschrieben wurde, und ergründeten die Struktur von Java. Java ist eine Programmiersprache, die die Welt als eine Ansammlung von Objekten auffasst, die sich mittels Anweisungen miteinander kombinieren lassen. Um mit Java etwas Sinnvolles zu tun, lassen sich diese Anweisungen und Vereinbarungen zu sogenannten Methoden zusammenfassen. Java half mir dabei, meinen Alltag klarer zu überschauen und anders zu organisieren, denn alle möglichen persönlichen Entscheidungen ließen sich als Javacodes auffassen und entsprechend strukturieren. Mein Alltag wurde nun noch ein bisschen digitaler.

Tsunami, die Frau, die zusammen mit Robert, dem Weirdos-Trommler, ihrer Tochter und ihren drei Katzen in Friedenau lebte, war Japanerin. Im Kurs saßen wir meist nebeneinander. Hin und wieder trafen wir uns, um in einer Zweiergruppe an Codes zu arbeiten. Wir hatten jetzt Compiler auf unseren Computern, um unsere Programmteile auszuprobieren. Tsunami war schwanger und bestand in diesen Tagen aus ihrer offenen, freundlichen Seele, die sich gelegentlich vor einem verbeugte, und einem zigarettenrauchenden Bauchbehälter, der einen kleinen Jungen enthielt. Wir unterhielten uns über den Domino Day und stellten erfreut fest, dass wir ihn beide mochten. Ab und an schlich eine der drei Tigerkatzen durchs Zimmer, in dem wir diskutierten. Eine der

Katzen war besonders empfänglich für meine Streichelattacken. Es war der Familienkater, den ich irgendwann später ZSK Osiris taufte. ZSK steht für »Ziemlich süßer Kater«.

Ein Vormittag im September. Morgens steckte ich im Laden in einer aufwendigen Beratung. Zufrieden mit meinem Vormittagsergebnis, weil die Anlagenkombination, die ich für meinen Kunden ausgedacht hatte, funktionierte und gekauft worden war, meldete ich mich zur Pause ab und ging in Richtung Verkäufergarderobe, als mich ein Kollege aus der Computerabteilung, der für seine derben Späße bekannt war, aufhielt. Er zeigte auf einen der überall verteilten Flachbildschirme, auf denen aktuelles Fernsehen lief. Was ich auf dem 16-Zoll-Display sah, glaubte ich ebenso wenig wie viele andere. Wir sahen ein Flugzeug ins World Trade Center krachen. Ich trat meine Pause an und ging wenige Meter die Hasenheide hinunter, um mir die Haare schneiden zu lassen. Der Mann, der sich hinter mich stellte, um mit intimen Schnipp-schnapp-Geräuschen meine Ohren zu erfreuen, sagte, das sei ein komischer Tag heute. »Besonders, wenn man die Nachrichten sieht«, sagte ich und ahnte immer noch nicht, worüber ich überhaupt sprach.

Nach Feierabend zurück in meine Wohnung gekehrt, setzte ich mich vor mein TV-Gerät und zappte mich durch die vierzig Kanäle. Auf kaum einem Programmplatz war normales Fernsehen zu konsumieren, überall sausten Flugzeuge ins von hoffnungsvoll sommerlichem »Besuchen Sie den Big Apple!«-Tageslicht umspülten WTC und produzierten einen orangefarbenen Feuerball. Ich rief ein paar Freunde an und hatte mittlerweile auch verstanden, dass die Situation in den USA kein Unfall war. Das Innere meines Mundes begann, nach jener metallischen Trockenheit zu schmecken, die ich von extremen seelischen Ausnahmezuständen her kannte. Ich setzte mich trotzdem an den Computer und probierte Javacodes aus.

To do: Schreiben der Methoden:
Get life
Get personality
Get fucking peace

Robert und Tsunami verschwanden für ein paar Tage aus Berlin. Ich passte auf ihre drei Katzen auf. Jeden Vormittag vor der Arbeit schlurfte ich die drei Treppen hinauf in die Friedenauer Wohnung. Die hätte ich jederzeit mit geschlossenen Augen wiederfinden können, denn eine halbe Treppe tiefer begann es, nach eingemauerter Sommerleiche zu riechen. Roberts Wohnung war voll vom Geruch nach Katzenpisse, nicht ganz geleerten Bierflaschen, endlosen Strängen gerauchter Zigaretten und aufgeweichten Gegenständen, die insgesamt so viele Verwesungsmoleküle produziert hatten, dass es auch noch für eine zweite Sommerleiche gereicht hätte.

Träge schlenderten die drei Tigerkatzen auf mich zu. Ich hatte Mühe, sie vom Fußboden zu unterscheiden, weil ich nie begriff, wie sich die trübe Beleuchtung im Flur einschalten ließ. In der Küche hob ich mit angehaltener Luft kurz den Deckel des blauen Plastikmülleimers an. Wie ein Gespenst huschte ein riesiges schwarzes Tuch aus der Öffnung des Eimers und verwandelte sich zügig in einen Schwarm Stubenfliegen, die sich rasant in der Wohnung verteilten.

Ich verlieh den Katzen je eine aus Katzendropsen mit Fußkäsegeschmack bestehende Tapferkeitsmedaille und füllte an der Küchenspüle die Wassernäpfe. Ein Napf drehte sich plötzlich in meiner Hand und schepperte ins Abwaschbecken. ZSK Osiris war auf den Abwaschtisch gehopst, um mir zärtlich seinen großen Tigerkopf mit dem Wespenschnurrbart gegen die Hand zu drücken.

ZSK Osiris war trotz seiner Tapferkeit und seines gutartigen, freundlichen Gemütes in einer schlechten Verfassung. Einer seiner Reißzähne ragte aus seinem Mäulchen nach draußen, und wenn man den Kater falsch am Kopf berührte, machte er Schmatzgeräusche, weil er Zahnschmerzen hatte. Ein Teil des Bauchfells, das bei Katzen die kuscheligste Stelle sein sollte, sah aus wie eine stoppelige Wiese mit einer zugefrorenen Pfütze in der Mitte. Diese Pfütze bestand aus blanker Haut. Wir zwei wurden bald unzertrennliche Freunde, die die gleiche Luft atmeten.

Die westliche Welt befand sich jetzt schon seit einer ganzen Weile im Krieg, und etwas in mir zitierte sich selbst, indem es an einen Song dachte, den ich in den 80er Jahren geschrieben hatte: »Und wieder deutsche Panzer in Sachen Sicherheit«.

Wie lange würde es noch dauern, bis deutsche Soldaten Anfang zwanzig wieder mit Stahlrohren auf Köpfe in Ländern zielen, in die sie nicht gehören?

Ich tat, was ich immer tat, und fuhr ins Village Voice, um ein paar Milchkaffees zu trinken und mit wem auch immer zu quatschen. Regine, die Besitzerin des Ladens, sortierte gerade einen Berg Taccos um einen Bach aus scharfer Lavasauce, als ich mich zu ihr an den Tresen setzte. Eine Armlänge entfernt saß ein Typ, der neu im Village war. Er unterhielt sich auf Englisch mit Regine, das heißt, er redete Englisch und Regine langsames, sorgfältig gesetztes Deutsch. Wahrscheinlich mal wieder ein neuer Liebhaber in der Regine-Kollektion, dachte ich wohl ein bisschen zu laut, denn der Typ, dessen Name Spider war, bekam das mit und sagte in gebrochenem Deutsch: »Yeah, ich liebe dich auch.« Ich guckte wieder in die andere Richtung zu Regine und bekam über mein eingebautes Rückwärtsradar mit, wie Spider mich weiter musterte und auf dem Stammgästetisch herumtrommelte. Minuten später quatschte ich mit ihm über Musik und Instrumente und lud ihn, weil ich neugierig auf seine Gitarrenkünste geworden war, zur kommenden Probe ein. »Was spielst du denn?«, fragte er. Ich sagte: »Alles, was du willst, außer Blasinstrumente.«

So bekamen die Bands, in denen ich jetzt spielte, einen neuen Schuss New Yorker Charme und Unverbindlichkeit. Spider war eigentlich Sounddesigner und hatte kurze Zeit vorher einen gut bezahlten Job im Theater des Westens über die Bühne gebracht. Tatsächlich war er bald darauf mit ein paar Aluminiumkisten, einem 80-Zentimeter-TV und einigen Gitarren zu Regine gezogen und lebte dort mit ihr und ihren zwei Töchtern. Seine Brieftasche war vollgestopft mit Dollarnoten, und jedes Mal, wenn es ans Geldausgeben ging, fragte Spider mit unschuldigen Rehaugen, ob jemand die Banknoten in Euros wechseln könnte. Weil das immer verneint wurde, fragte er: »Do you have any change?« Und meinte damit: »Bezahl du mal, ich bin der Mädchentyp aus NY!« Die Mädchen und Frauen im Alter von elf bis vierzig mochten Spider. Er war die Abwurflast eines um vierzig Jahre verspäteten Rosinenbombers, als er mein musikalisches Universum enterte.

Ein paar Mal trafen wir uns in Regines Wohnung, um kleine Shows im Village vorzubereiten. Wir spielten Gitarre oder programmierten den Drumcomputer, während wir Fußball mit unserer Lieblingshündin Lissy spielten.

Spider liebte es, mit einer Weinflasche in der einen und einem winzigen Joint in der anderen Hand durch seine Nachmittag zu taumeln. Das Gras hatte er vermutlich Pete aus unserer Band abgeschwatzt und ihn, weil er das immer auf Pump machte, misstrauisch gemacht. Den teuren Wein stahl Spider regelmäßig aus Regines Kühlschrank, was sich im Laufe der Zeit zusammen mit ein paar anderen Angewohnheiten zu einer Bombe von wachsender Sprengkraft entwickelte.

Als sich diese Bombe entlud, sah Regine entspannt aus. Spider dagegen wirkte auf mich wie eine einzige offene Wunde. Er guckte von nun an mit der Eingeschnapptheit eines Fünfjährigen in die Welt, dem man seine Spielzeugfeuerwehr weggenommen hat. In den folgenden zwei Wochen betrank und bedröhnte sich Spider noch etwas mehr als sonst. Eines Abends erschien er mit einer Gitarre im Village und zog mich nach der Begrüßung in die Damentoilette, um mir seinen neuen Song vorzuspielen. Er war in Teilen an U2s »Sunday Bloody Sunday« angelehnt, ohne geklaut zu sein. Vom Text, den mir Spider zeigte, verstand ich zuerst kaum etwas außer jener Zeile, die die Essenz des Songs enthielt:

It's not about me, it's not about you
It's all about the you know who

Das war der universale Kern, um den es sich beim Erzeugen von Musik und Songtexten letztendlich immer drehte. Persönlicher Schmerz ließ sich in etwas anderes verwandeln. It's not about you und me.

Zurück in Berlin experimentierten wir jetzt im Übungsraum in der Warschauer Straße mit einem anderen Sänger. An einem dieser Abende warteten wir mal wieder auf Robert, der gern mal eine Dreiviertelstunde zu spät zur Probe kam. Dieses mal warteten wir umsonst. Die Probe fiel aus. Wir hatten uns eben mit einem auf der Stelle tretenden Thema in E geschlechtslos warmgespielt, als Zitter, unser Sänger, mit einer Handbewegung die Musik unterbrach, um sein Handy aus der Tasche zu holen. Was er nach Beendigung des Telefonates zu uns sagte, riss unseren gemächlichen Bandabend in eine Schräglage. Robert war auf dem Weg zu uns von der Straße abgekommen und mit voller Geschwindigkeit gegen einen Baum gefahren. Tsunami, seine Frau, hatte das nicht überlebt.

Tsunami, die kleine, höfliche Japanerin, die sich manches Mal, wenn ich in der Vergangenheit mit ihr gesprochen hatte, verneigt hatte, würde nie wieder mit mir sprechen. Sie war in einer Sekunde zu Vergangenheit geworden wie Tschaka. Wir hatten noch die Instrumente umgehängt und überlegten mit einer zur Situation passenden Fieberhaftigkeit, ob man jetzt besser schwieg oder etwas sagte.

Schließlich fuhren Andi und ich an jenem späten Abend weit in den ehemaligen Osten der Stadt, um Robert im Unfallkrankenhaus zu besuchen. Unterwegs klingelte mein Handy, und BKM wollte sich mit mir verabreden. BKM stand für Baumkuchenmensch und für eine Variante Berliner Existenz, die weder Musiker noch Maler geworden war, unverkennbar aber eine kreative, unverwechselbare Lebensform verkörperte. Ich sagte ihm, was los war. Er wünschte uns alles, was in solchen Situationen noch gut sein könnte.

Inzwischen hatten wir das Unfallkrankenhaus erreicht. Robert hatte es schlimm erwischt. An diesem Abend konnten wir ihn nicht mehr sprechen.

Am Morgen darauf fuhr ich mit dem Fahrrad zu Roberts Wohnung, um die drei Katzen zu versorgen. ZSK Osiris drückte wie immer mit äußerster Kraft seinen Kopf gegen meinen Unterarm. Ich streichelte dem getigerten Kater mit der orangefarbenen Nase übers Gesicht, aus dem sein kaputter Eckzahn ragte.

Ein paar Tage später, als es wieder möglich war, mit dem halbwegs zusammengenähten Robert zu sprechen, holte ich mir die Genehmigung, ZSK Osiris zur Tierärztin zu schaffen. Die Ärztin zog Osiris den Zahn und gab ihm eine Spritze. Ich entschloss mich, den Kater erst einmal zu mir in die Wohnung zu nehmen, bis er halbwegs gesund war. Einen Tag lang hockte er hinter meinem Wohnzimmersofa, um sich vor der ihm unbekannten Welt zu verstecken. Schließlich erkannte er, dass er nun bei einem Freund gelandet war, und begann, sich zu Hause zu fühlen.

Ich fragte Robert, ob der Kater nicht für immer bei mir bleiben könne. Robert war erfreut und stimmte schnell zu. Jetzt hatte ich, der die Liebe zu weiblichen Gefährtinnen verlernt hatte, einen Lebenspartner. Wir waren zwei Säugetiere, die sich gefunden hatten, um von nun an jede Menge Albernheiten auszuhecken und, was noch wichtiger war, stundenlang auf meinem Bett herumzuhängen und uns in die Augen zu sehen. Dabei hielt ich seine Vorderpfoten in den Händen und streichelte seinen Bauch, auf dem Stück für Stück das Tigerfell zurückkam.

Pete kam dieser Tage mit der Aufgabe an, Musik für einen englischen Kurzfilm zu komponieren. Der Filmemacher hatte den Wunsch, die Musik solle nach Django Reinhardt klingen, aber möglichst nichts kosten. Bald darauf saßen Pete und ich in meinem Wohnzimmer an der Acht-Kanal-Bandmaschine, um abwechselnd und sorgfältig die Zeitvorgaben abwägend, unsere Ideen für den Film festzuhalten. Der Typ, der den Film gemacht hatte, schickte uns per E-Mail Einladungen zur Filmpremiere in einem kleinen Londoner Kino in Soho. Pete ließ sich nicht überreden, Geld für die Reise auf die Insel zusammenzukratzen. Natürlich reichten die symbolischen paar Euro, die uns der Mann aus London zugedacht hatte, nicht aus, um damit einen Flug zu bezahlen. So fuhr ich kreuz und quer durch Berlin, um eine billige Reisemöglichkeit zu finden. Sämtliche Flüge waren wegen des 9/11-Kriegsgrundes überteuert.

Am Bahnhof Zoo checkte ich die Möglichkeit einer vielstündigen Busreise und entschied mich schließlich dafür. Zwei Abende später saß ich eng an einem nach verbeultem Dosenbier und altem Knoblauch riechenden Osteuropäer und schaukelte, das Gesicht unnatürlich zum Fenster gedreht, Richtung Insel. Als es hell wurde, zuckelte der Reisebus in Richtung Fortress. Jedenfalls sah so die Einfahrt zum Europatunnel aus. Auf hohen Sandbergen standen mit Maschinenpistolen bewaffnete Wachposten und verbreiteten in Öl getauchte, stählerne Unsicherheit.

Kurz darauf schlich der Bus mit allem, was drin war, in einen langen Zugwaggon. Nicht viel später huschten wir in – wie ich hoffte – angemessenem Abstand zu den Wassermassen, die die Straße von Calais genannt wurden und sich jetzt über uns befanden, der Insel entgegen. Am Checkpoint auf der anderen Seite hielten wir ein Weilchen und sahen zu, wie ein junger, arabisch aussehender Mann nebst seiner Reisegefährtin von zwei Wachposten vom Bus weggeführt wurde.

Jetzt hellte sich meine Stimmung auf, denn wir fuhren nun auf der falschen Seite der Straße, und es stellte sich dieses Ich-bin-auf-der-Insel-Gefühl ein.

Die ersten Meter London zeigten sich als zwischen Bushaltestellen gequetschte Western-Union-Transfer-Büros. Wer sich in London bewegte, sollte besser viel Geld bei sich haben. Dieses eine Mal jedoch betraf mich das nicht. Die Rückreise war bezahlt, und in meiner Reisetasche steckten wieder in Berlin angefertigte Sandwichtürme. Dazu kalter Milchkaffee in zwei Eineinhalb-Liter-Plastikflaschen.

Nur eine Unterkunft brauchte ich noch. Auf dem Bahnhof Paddington erkundigte ich mich an einem Schalter nach einer billigen Unterbringung für eine Nacht. Die Frau am Schalter war freundlich und gab mir gegen eine geringe Gebühr die Adresse von einem Schlaf- und Frühstücksplatz, der The Generator genannt wurde.

In dem Raum, in dem ich schlafen würde, gab es ein paar Doppelstockbetten. Im Augenblick war ich der einzige Bewohner. Schnell rollte ich mich auf die untere Hälfte eines Bettes in der Nähe der Tür und atmete träumend die Londoner Dunkelheit.

In der Morgendämmerung weckten mich die tuschelnden Stimmen zweier Mädchen im Teenageralter, die in der Nacht ein paar Betten weiter Quartier bezogen hatten. Ich schlich mich aus dem Zimmer, um nach Kaffee und Frühstück zu suchen. Im Bauch des Generators gab es ein Buffet, an dem laut schnatternde Teenager Cornflakes aus einer hölzernen Lade schaufelten. Eine 800-Watt-Musikbox ließ die nach meinem ersehnten Kaffee duftende Frühstücksluft im 140-Schläge-pro-Minute-Rhythmus tanzen.

Draußen vor dem Generator nahm mich der Londoner Vormittag in die Arme. Ich suchte ein paar Orte auf, die ich von meiner ersten Londonreise kannte, und fuhr in einem roten Doppelstockbus die Kings Road hinauf und hinunter. Der Tag verging schnell und löste sich teilweise in einer spätherbstlichen Dunkelheit auf. Es wurde Zeit, nach Soho zu fahren, um das Kino zu suchen. Einen Hamburger in der einen und einen Kaffeebecher in der anderen Hand betrat ich schließlich einen Hauseingang, von dem ich zunächst glaubte, er würde zu einem Bürohaus gehören. Eine Frau am Empfang lotste mich, als ich ihr meine Einladung zeigte, in das obere Stockwerk, und ich fand mich in einer Gruppe schick angezogener Londoner wieder. Sie tranken Sekt aus Plastikkelchen und zerkleinerten mit den Zähnen Salzstangen. Ich steckte mir eine Zigarette an und fragte nach dem Typen, der den Film gemacht hatte.

Der gab mir bald darauf die Hand, sagte etwas Nettes über die Musik, die Pete und ich in Berlin für seinen Film »In the Doghouse« aufgenommen hatten, und zeigte mir den Eingang zum Vorführraum.

Nun saß ich auf einem Platz in der dritten Reihe, um einem Kurzfilm zu folgen, in dem es um ein gealtertes Ehepaar und seinen Hund ging, der von einem Auto überfahren wird. Die Musik passte gut zur Story. Zu gern hätte ich mir jetzt mit Pete gegenseitig auf die Schultern geklopft. Pete war aber in Berlin, bereits auf der Suche nach neuen Musiken.

Hier in London war alles zur Zufriedenheit erledigt. Ich schlich mich aus dem Kino heraus und vermischte mich kurz darauf wieder mit meinem gewohnten Berliner Leben. Aber es wartete bereits eine neue Reise auf mich, die ich irgendwie bezahlen musste. Danke, lieber XXL-Dispo.

Die Stadt, aus der Spider hierhergekommen war, gab es nicht mehr. Jedenfalls nicht mehr so, wie sie in »Friends« zu sehen war. Das südliche Manhattan hatte jetzt eine Wunde. Babylon's Burning, westliche Lebensart angepisst, der steinerne Monolit teilweise geschmolzen. Ich wollte das erst glauben, wenn ich es gesehen hätte. Die Sicht der Medien kannte ich zur Genüge. Orangefarbener Feuerball, Staub, Glas, von pulverisiertem Beton zu Statuen erstarrte Gesichter, Oh-my-god-Schreie. Spider war jetzt dorthin zurückgekehrt, und ich war auf dem Weg, ihn zu besuchen.

Im fliegenden Atlantik-Überquerer sah ich auf dem LCD-Display des Vordersitzes eine Kopie von »Spiderman«, der wenige Wochen zuvor in Berlin angelaufen war. Wie immer war ich auf dem Weg nach Gotham in allerbester Stimmung, obwohl ich die Stadt dieses Mal als Patienten besuchen würde.

Im JFK-Flughafengebäude gab es jetzt riesige Hologramme. Der schwarze Mann, der am Einwandererschalter saß, nieste, als er mich sah, und entschuldigte sich lächelnd. Angesichts des Umstands, dass sich das Land im Krieg gegen einen Feind befand, der nicht uniformiert kämpfte, kam ich überraschend schnell an allen Sperren vorbei und machte auf der anderen Seite am Ausgang hocherfreut Spiders Gesicht aus. Mit vor Aufregung wackliger Stimme schoss ich Salven von fragwürdigem Englisch ab und bestieg mit Spider den überfüllten Shuttlebus, der uns zur U-Bahn brachte. Ich schnatterte weiter und verstreute mit wehenden Händen Fotos auf dem Boden des Busses, die ich aus Berlin mitgebracht hatte. Wir kauften eine gelbe Wochenkarte, die einen Streifen codierten Eisenoxids in der Mitte hatte, und schoben uns durch die Edelstahlsperren unter die Erde. Unterwegs fragte Spider ein paar Schönheiten, die uns gegenübersaßen, nach der Uhrzeit und bekam ein paar vielversprechende Extrareaktionen. Ein bisschen beleidigt moserte er, weil ich seine frisch blondierte Haarsträhne nicht gleich bemerkt hatte. Es ratterte einige Male, weiße und schwarze Leute stiegen ein und aus, schon befanden wir uns nur noch wenige Rolltreppenmeter unter Manhattan.

Oben an der Oberfläche bestand die Luft aus nach Benzin riechender, kochender Lava, die ab und an stoßweise von Atlantikböen zerschnitten wurde. Wir setzten uns in eine Pizzeria und bissen in große Lappen aus schwitzenden Salamischeiben und Käseflatschen auf Hefeteig. Gewohnheitsgemäß fragte mich Spider nach Geld, und ich holte mein ansehnliches Bündel Gotham-Währung hervor. Die Sorglosigkeit, mit der ich meiner Umgebung mein Geld zeigte, ließ Spider erbleichen, und er machte den Vorschlag, das meiste davon erst mal zu deponieren. Ich hatte keine Ahnung, was er meinte. Mein Englisch reichte für die Geschwindigkeit, mit der er auf mich einredete, nicht aus. Ich hatte mich vor meiner Reise hierher ganz auf Spider verlassen und weder ein Hotel noch eine andere Unterkunft gebucht. So flitzte ich jetzt, heftig meine schwarze Nylonreisetasche umarmend, Spider hinterher und guckte, was passieren würde.

Minuten später fand ich mich in einem Apartment in einer Badewanne wieder. Ich fühlte mich gut und trotz des drohenden Jetlags ausgeruht. Das Apartment gehörte einer Frau namens Wiggy, deren Stimme ich einige Nächte vor meiner Reise am Telefon gehört hatte.

Nagelneu und glücklich meine erste Zigarette in der Stadt rauchend, folgte ich Spider jetzt zu Fuß ein paar Manhattan-Ecken weiter, bis wir Kaffeebecher haltend im Foyer einer Kirche standen. Hierher hatte mich Spider gebracht, weil er an einem Treffen anonymer Alkoholiker teilnahm.

Ein paar Leute schüttelten mir die Hände. Ich verschüttete ein bisschen Kaffee und hockte mich neben Spider auf eine Holzbank. Draußen vor den Butzenfenstern kochte die Stadt auf inzwischen kleinerem Abendsonnenfeuer. Hier drin war es, bis auf einen unregelmäßigen Platzregen menschlicher Stimmen, ruhig. Ein schönes blondes Mädchen zwischen achtzehn und dreiundzwanzig Jahren stand vorn auf der Bühne und sagte, sie heiße soundso und sei seit soundso vielen Jahren Alkoholikerin und seit soundso vielen Wochen trocken. Zustimmendes Kirchengemurmel, aufmunternde Zwischenrufe, alles, was ich in Deutschland aus dem Fernsehen kannte, passierte jetzt ohne Werbeunterbrechung. Das schöne Mädchen lächelte mitten im Satz, lachte dann und fing gleich darauf an zu heulen. Dann verließ sie die Bühne, und jeder im Saal stand nacheinander auf und outete sich als Alkoholiker. Ich dachte, dass es vielleicht gut sein könnte, heute oder an einem anderen

Abend diese Leute wissen zu lassen, dass mein Bruder mit siebenunddreißig Jahren am Alkohol gestorben war.

Nach Ende der Veranstaltung standen wir noch ein Weilchen draußen auf der Kirchentreppe. Ich rauchte eine und unterhielt mich mit einem unauffälligen Mann mit präzise geschnittenen Haaren und akkurater Kleidung. Er sagte, die Stadt hätte ihn in den Alkohol getrieben, weil hier alles so hart war und so schnell zuging. Schnell ging vor allem das Geldausgeben, denn wenige Augenblicke später saßen wir mit ein paar AA-Leuten in einem Restaurant und verzehrten elefantenkopfgroße Hamburger. Mein Nachbar unterhielt sich mit mir über Deutschland und sagte immer wieder »Bunker«. Wer rauchen wollte, konnte sich nach draußen begeben, was sich etwa so anfühlte, als wäre man ein Hund, der an einen Laternenpfahl kacken geht.

The Queen of Queens

Jetzt waren alle in der Stadt vorhandenen Sonnenstrahlen gegen Kunstlicht getauscht worden, und ich war gefährlich müde. Spider erzählte etwas, wovon ich nur »Queens« und »Sister« verstand. Ich taumelte hinter ihm her zur nächsten U-Bahnstation. Tatsächlich überquerte die Aluminiumschlange jetzt das Wasser, um uns auf der anderen Seite über eine Treppe nach Queens zu spülen.

Leute schwammen wie Trugbilder durch die abendliche Hitze. Eine riesige, rostige Brücke zeigte sich auf der linken Seite. Wir bogen ab und schlenderten ein paar hundert Meter an zweistöckigen Häuschen vorbei, von denen Spider eines auswählte und die schwarz lackierte Tür öffnete. Wir gingen hoch in die zweite Etage und pochten gegen die Tür. Die Queen of Queens öffnete uns.

Sie war eine Frau zwischen fünfundzwanzig und dreißig mit nackten Armen und blonden, üppigen Locken. Ihr Wohnzimmer bestand aus einer kleinen Kombination aus Sofa und Tisch sowie mehreren Musikinstrumenten und einem zurzeit angesagten Kofferverstärker von Roland. Die Queen sagte, die amerikanischen Jungs seien unattraktiv und vertrottelt. Ihr Freund, der Ausbildungssergeant bei den US-Marines war, schien eine Ausnahme zu sein. Dann begann sie über Juden in NY zu sprechen. Sie hob dabei die Hände, so dass ich ihre

Handflächen sehen konnte, und betonte, sie hätte nichts gegen Juden einzuwenden.

Spider und ich zogen unsere Schuhe an, um eine Treppe höher aufs Dach zu klettern und eine zu rauchen. Ich sah über die Dächer des abendlichen Queens hinüber nach Manhattan. Spider sagte, das brennende WTC wäre vor einem Jahr von hier aus gut zu sehen gewesen. Das war das erste Mal während meines Besuchs, dass jemand davon sprach, was geschehen war.

Zurück im Wohnzimmer angelangt, riss Müdigkeit an meinen Augen. Ich nahm eine leichte Schräglage auf dem Sofa ein und spielte auf einer stählernen Dobro meinen Blues, der wie immer auf E-Dur basierte. Spider und die Queen waren nach nebenan gegangen und unterhielten sich über Dinge, die ich kaum verstand. Die Queen rief meinen Namen, und ich ging hinüber zu den beiden, wo es wahlweise Tee oder Sojamilch für mich gab. Dazu winzige Moleküle aus Lakritze.

Spider holte eine Westerngitarre aus dem Wohnzimmer und spielte ein paar Songs. Seine Schwester, die Queen, sang dazu. Ich war jetzt in jenem NY angekommen, das ich immer gesucht und bei meinem ersten Besuch im La Famille Club gefunden hatte, als der faltige schwarze Mann mir seine Hand gegeben hatte.

Spider und ich vergruben uns in Schlafsäcke auf dem Boden des Wohnzimmers. Auf dem TV-Gerät lief eine DVD von U2. Ich schwebte in eine wohltuende Ohnmacht aus Wolken, in denen es ab und zu hupte. Mein persönlicher American Dream.

Am kommenden Morgen frühstückten Spider und ich unter den Schienen des Q-Trains. Wir aßen Eier mit Speck und Ketchup-Klecksen. Mein Becher Kaffee massierte mein Inneres, bis mein Herz freudige Sprünge machte. Ich atmete das mir fremd vorkommende Gemisch Gothamer Geruchsmoleküle, das in meiner Nase nach von Vormittagssonne erhitztem Desinfektionsmittel, Knoblauch und unterdrückter Pisse roch.

Nach dem Frühstück fuhren wir nach Manhattan und suchten für die kommenden Tage ein billiges Hotel für mich. Unser Weg führte uns an den Electric Lady Studios vorbei, wo vor einigen Jahrzehnten Jimi Hendrix aufgenommen hatte. Das Riverview Hotel, nur eine Straßenbreite vom Wasser des Hudson Rivers entfernt, war für Manhattaner Verhältnisse bezahlbar. Gelegenheitsarbeiter, die sich russisch, polnisch oder spanisch unterhielten, nutzten die winzigen Zimmer und den meist von der übergelaufenen Pisse verstopfter Klos überfluteten Gemeinschaftswaschraum, um ein paar billige Nächte in der Stadt anzutreten.

Im Zimmer, in dem ich schlief, gab es keine Klimaanlage. Dafür stand ein Fernseher am Kopfende, der verschneite Geisterbilder mit spanischem Ton absonderte. Eine Antenne gab es nicht. Ich ließ das Gerät laufen und zählte mein schnell dahinschmelzendes Häufchen Banknoten.

Ein Jahr war vergangen, seit Flugzeuge die Südspitze Manhattans in zwei rauchende, giftige Fackeln verwandelt hatten. Auf einem meiner Streifzüge fand ich in der Mitte der Insel eine Pizzeria, an deren Fensterscheibe ein Foto klebte. Auf dem Foto waren der Besitzer des Ladens und seine zwei Söhne zu sehen. Die Männer sahen kräftig aus und blickten entschlossen aus dem Foto heraus. Unter das Bild hatte jemand mit einem Magic Marker einen Satz geschrieben. Er lautete: »Zeigt uns einfach, wo bin Laden ist!« Überall in der Stadt hingen Fahnen.

An einem Abend fuhr ich mit Spider in einem Vorortzug hinunter von der Insel, um die Rosenbergs zu treffen, eine Alternative-Rock-Band. In einigen Tagen hatten sie einen Auftritt auf der Insel. Spider machte sich Notizen für seinen Job als Tonmann. Ich würde das Lichtpult bedienen. Die Rosenbergs probten in einem kleinen Häuschen, das auf einem Industriegelände stand. Die Jungs begrüßten mich freundlich. David, der Frontmann, wirkte mit seinen dunkelblauen Augen und seinen teefarbenen Locken wie Frodo aus »Herr der Ringe«.

Am Abend des Auftritts saß ich, mit beiden Händen die Haut auf meiner Brust kratzend, in der Mercury Lounge und trank Kaffee und Cola. Ich hatte den Nachmittag über am Strand von Coney Island in der Sonne gelegen und in einem Roberta-Gregory-Comic gelesen. Jetzt hatte ich einen Sonnenbrand, der durch den Einfluss von zu viel Koffein zu einer hektischen Allergie mutiert war.

Nach und nach trafen alle ein. Spider kam in Begleitung eines verdrossen dreinschauenden Mädchens, das ich vorher beim Treffen der anonymen Alkoholiker kennengelernt hatte. Heidi kam in Begleitung ihres muskulösen Sergeantfreunds und rief, als sie mich erblickte, laut meinen Namen. Ich winkte zurück und lauschte fasziniert einer Band namens Miracle of 1968. Die Band verbreitete die Energie eines durch die Lounge sausenden Kampfjets.

Die Rosenbergs betraten jetzt die Bühne. David kam kurz herüber, um mir ein paar Hinweise für die Lichtshow zu geben. Die Band spielte sich durch ihren Abschnitt dieses Abends. Die Leute tanzten, und die wegen der Rosenbergs angereisten Fans jubelten ein bisschen mehr.

Für mich gab es Musik und Gesellschaft. Außer dem guten Essen und dem Strand von Coney Island war das das absolut Beste, was New York für mich zu bieten hatte.

Die Stadt mochte schwer verletzt sein, das Land sich im Krieg mit sich selbst befinden. Doch hier gab es etwas, mit dem ich nachhaltig Freundschaft geschlossen hatte.

Am nächsten Tag kehrte ich nach Berlin zurück. Zeit verging, in die ich, wann immer mir langweilig wurde, meine Erinnerungen an NY rühren konnte.

Dann begann der nächste Gleisabschnitt Zukunft.

Ausnahmezustand in Berlin. Es war Fußball-WM und wieder einmal sehr heiß in der Stadt. Die Hitze wurde von zeitweisen Gewittern zerstückelt, die ganze Nachmittage in Szenen aus Actionfilmen verwandeln konnten.

Im Spielzeugladen kaufte um die Zeit, in der die Spiele ausgetragen wurden, kaum noch jemand etwas. In der Pause ging ich hinaus vor den Laden und setzte mich an einen der freien Tische, den der türkische Besitzer des Bistros auf den Fußweg gestellt hatte. Ausnahmsweise saßen jetzt Kreuzberger und Neuköllner in einer Mischung nebeneinander, die sich sonst bei zufälliger Begegnung auf der Straße ignoriert oder einander ausweicht. Ein junger, von der Sonne angesengter kräftiger Mann steuerte, in einer mir unbekannten Sprache Laute ausstoßend, auf unsere Ansammlung von Tischen zu und setzte sich dazwischen mitten auf das Trottoir. Er war nur mit einer Fahne bekleidet. So dreckig und betrunken, wie er wirkte, könnte es gut ein Obdachloser gewesen sein. Jedenfalls gehörte er jetzt zur gut gestimmten Ansammlung von Kiezbewohnern und verfolgte wie alle anderen das Spiel auf dem Plasma-TV. Abends nach Ladenschluss radelte ich vom Breitenbachplatz aus entlang der U-Bahnstrecke zur Krummen Lanke. Drei Kilometer Kühlung und das eigentlich noch mitten in der Stadt. Ich stand bis zu den Schultern im kühlenden Wasser, schob ganze Wälder von Seegras zur Seite und machte ein paar Schwimmstöße unter einer

Weide hindurch, bis ich den Himmel sehen konnte. Den durchkreuzte eben ein Flugzeug. Was taten die Insassen der zehntausend Meter über mir den Himmel zerteilenden Maschine in diesem Augenblick? Roch es da oben nach Kaffee und Snacks?

Für die nächste Zeit würde ich hier in meiner Stadt bleiben und mich an die Reisen der Vergangenheit erinnern. Berlin war nicht der schlechteste Platz, um darin Gegenwart und Zukunft zu verbringen. Gerade jetzt, während der WM, konnte ich laufend Leute ausmachen, die eine Menge Geld ausgegeben hatten, um hier zu sein. Ich hingegen war hier ohne eigene Anstrengung. An einem Ort, der von Monat zu Monat besser wurde.

Überall gab es jetzt diese Strandbars am Ufer der Spree, das Badeschiff, die restaurierte Oberbaumbrücke, die Möglichkeit, jederzeit den Streifen zu überqueren, auf dem in vergangenen Zeiten von einer Regierung autorisierte Metallwürfel durch die Gegend flogen, um Leben unbrauchbar zu machen.

Das Telefon klingelte. Jemand aus dem ehemaligen Osten rief an und erzählte von der Idee, ein Buch und einige Kassetten über die ehemalige Performance-Subkultur herauszubringen. Um Buch und beiliegende Tonaufzeichnungen der Öffentlichkeit zu präsentieren, würde es ein großes Konzert in der Volksbühne geben, auf dem viele der seinerzeit Aktiven noch einmal spielen würden. Eigentlich kein Freund von rückwärtsgerichteten Aktionen, reizte mich doch die Möglichkeit, noch einmal mit einer Auswahl alter Kumpels zu proben, und es gab ausnahmsweise gutes Geld zu verdienen.

Die Veranstaltung war fast ausverkauft. Ich hatte keine Ahnung, ob irgendjemand von den vielen Zuschauern überhaupt aus dem ehemaligen Westen kam. Wir standen auf der Bühne und spielten uns durch unser Programm, das wegen der vielen auftretenden Leute kurzgehalten wurde. Es klang nicht schlecht, und in den Pausen war ausreichend motivierendes Applaus-Geplätscher zu vernehmen.

Jo saß in der ersten Reihe. Die Frau, mit der ich die letzten zwei Jahre vor dem Fall der Mauer zusammengelebt hatte. Durch Jo hatte ich seinerzeit *sie* kennengelernt, die Frau, deren Abbild unveränderbar unter einem dicken, harten Panzer aus Eis9 in meinem inneren Gebäude konserviert war.

Ein paar Tage später holte mich Jo in ihrem Auto ab, um nach Mitte zu fahren und im Village ein paar Takte zu reden. Jo trank Bier aus einem großen Glas, und sobald wir uns an Puzzlesteinchen unserer gemeinsamen Vergangenheit erinnerten, lachte sie erfreut und, wie mir schien, erlöst, weil dieser Abend ohne diese Erinnerungen irgendwo im Nichts steckengeblieben wäre. Der Abend begann für mich, eine rasante, Herzrasen verursachende Achterbahnfahrt zu werden, als Jo von *ihr* zu sprechen begann. Ganz sicher senkte sich in dem Moment, als ich Jo antwortete, meine Stimme und wurde schwebend und löchrig.

Ich sagte, ich hätte seit der Trennung nie wieder Kontakt zu ihr gehabt und nur hier und da ein Bröckchen über sie von Bekannten erfahren. Zum Beispiel sei sie mit einem Begleiter in LA bei einem Rammstein-Konzert aufgetaucht. Ein gemeinsamer Bekannter hatte sie dort getroffen.

So beiläufig es mir in diesen Sekunden gelingen wollte, fragte ich Jo, ob sie etwas von ihr gehört hätte. Jo sagte heiter und amüsiert, sie hätten vor ein paar Jahren miteinander telefoniert. Sie lebe seit einer ganzen Weile mit einem Mexikaner zusammen, mit ihm und ihren gemeinsamen zwei Kindern.

Zunächst war ich beinahe heiter und ruhig, aber sehr bald spürte ich, dass dies nur eine erste, schmerzlindernde Reaktion nach einem sehr großen Zusammenstoß war. In den folgenden Tagen zerbrach meine mühsam gehütete Schale aus Eis. Ebbe und Flut unerträglich heißer Lava bestimmten von nun an Tag um Tag. Eis9 funktionierte nicht mehr. So war das auf die Dauer mit den meisten Verteidigungsmechanismen.

Ich wurde unruhiger und lief durch meine Tage wie über das Deck eines schaukelnden Schiffes. Hätte ich in dieser Zeit eine Arbeit gehabt, bei der es nötig gewesen wäre, die ganze Zeit auf einem Stuhl zu sitzen, dann hätte ich diese Arbeit nicht mehr tun können.

Ich begann zu begreifen, dass ich entweder meine gesamte Vergangenheit hindurch *sie* geliebt hatte – oder überhaupt keine Frau. Gleichzeitig war mir bewusst, dass das nicht stimmen konnte. Wäre sie jetzt in der Stadt, würde ich jederzeit den am weitesten von ihr entfernten Punkt aufsuchen. Ich hatte niemals das Happy End mit ihr gesucht, sondern die leidenschaftliche Besinnungslosigkeit. So würde es niemals mehr sein können. Deswegen war es egal, ob sie sich in einem Dreißig-Kilometer-Umkreis oder ein Weltmeer entfernt befand. Es riss mich trotzdem in mehrere Teile zu erkennen, dass sie sich erst sehr, sehr weit weg von mir vollständig entfaltet hatte. Ich hatte sie auf der Hälfte ihres Weges verlassen. Ich hatte sie verpasst.

Jeden Tag ging ich zur Arbeit in den Spielzeugladen. Aus den Ohrstöpseln meiner MP3-Einheit durchbohrten Juliette and the Licks den Rest meines verbrennenden Ichs. »Inside the Cage«. Juliette hatte es ins Mikrofon gehaucht und geschrien. Mich hatte sie damit erreicht.

Mein Alltag veränderte sich. In den Arbeitspausen machte ich ausgedehnte Spaziergänge den Südstern entlang oder durch die Hasenheide. Dann geschah etwas im Laden, das mir zeigen sollte, wie unsinnig es war, technische Spielzeuge an den Mann zu bringen, wenn einen der momentane Lebensorkan aus der Bahn bläst. Ich bekam Ärger mit meinem Chef, der durch eine kleine Unachtsamkeit von mir verursacht worden war. Meine allgemeine Verfassung bekam jetzt endgültig Schlagseite.

Zurück in meiner Wohnung spielte ich abwechselnd Schlagzeug, Gitarre und Bass. Nichts davon brachte mir meine Seelenruhe zurück. So setzte ich mich an die Tastatur meines PCs und schrieb, schrieb um mein Leben.

Zwei neue Tage vergingen, ich steckte mitten in einem vorzeichenlosen Energiefeld, das mich entweder retten oder zerstören konnte. Meine Stimmungen gingen in großen Wogen auf und ab wie Meereswellen. Zeitweise war ich tief bedrückt und zerschmettert, unfähig, mir noch größeren Schmerz vorzustellen. Dann streiften mich Anfälle von Heiterkeit, und ich lachte in die Richtung, in die gerade mein Gesicht zeigte. So viel anders konnte echter Wahnsinn nicht sein. Wenn sich die Wellen im tiefsten Tal befanden, beobachtete ich wiederkehrende Momente allergrößten Glücks und gläserne Wachheit und die Ahnung von einem sehr großen, gütigen, umfassenden Geheimnis, das bald alles erklären würde. War ich wahnsinnig? Auf jeden Fall manisch und besessen, aufs Äußerste angespannt, erfüllt von einem inneren Sturm. Ich bekam sich immer klarer abzeichnende Visionen von einem Buch, das ich schreiben würde, und davon, wie es mir von einer inneren Stimme diktiert wurde.

Jens, der Schlagzeuger, besuchte mich im Laden. Ich kehrte gerade von meinem Pausenspaziergang zurück. Jens tauchte in einigen Dutzend Metern Entfernung auf, und als er mich entdeckte, ahmte er meinen schiefen

Vogelgang nach. Wir quatschen ein Weilchen über mein Buch und darüber, was sich so im Musikerhumus tat. Wir würden immer Freunde bleiben. Selbst wenn wir uns nur ein Mal im Jahr sahen.

Kurz vor Ende meiner Pause gab es Streit zwischen mir und einem aufgeregten und zu allem bereiten Mann mittleren Alters in billiger brauner Lederjacke. Er duzte mich und drohte mir Schläge an, weil ich ihm ein paar Minuten zuvor wegen einer Belanglosigkeit im Wege gestanden hatte. Ich sagte »jaja« und ging weg. Er folgte mir und bellte, »jaja« würde »leck mich am Arsch« bedeuten. Ich sah ihn an und nickte. Ich weiß nicht, warum ich ihm nicht eins auf die Fresse gab, oder er mir. Er schien wie ein Straßenköter, je nach dem, wie ich ihn anblickte, die Entfernung zu mir mit einer gewissen Zaghaftigkeit zu ändern. Es war mir nicht egal, wie dieser Streit ausgehen würde. Er hatte mich an meinem aus meiner Jacke heraushängenden Hemd als Ladenmitarbeiter erkannt. Ich wollte meinen Job behalten.

Insgesamt waren in diesen Tagen die Zeichen, die mein Leben absonderte, derartig beschaffen, dass ich den Eindruck gewann, mein Leben wolle mich am Buch arbeiten sehen. Zufällig konnte ich an einem dieser Tage meine Arbeit im Laden ein paar Stunden vor der Zeit beenden und mich unerwartet früh zum Schreiben an den Computer setzen. Ich kämpfte mit der notwendigen Einsamkeit. Es war ein bisschen deprimierend, meine Haustür aufzuklappen und einen Blick auf den Anrufbeantworter zu werfen, auf dem selten eine Nachricht war, die mich interessierte. Ich ging in die Küche und kochte Tee aus Kräutern und Baldrian, als nebenan das Telefon musizierte. Gewohnheitsmäßig wartete ich, bis der Anrufer aus dem Lautsprecher des ABs tönte, um zu hören, ob es jemand war, den ich sprechen wollte. Emil war am Hörer und erkundigte sich, wie es sich mit unserem gemeinsamen Proberaum verhielt. Die Sache war die: Wenn ich schreibe, bin ich der einsamste Mensch auf der Welt und muss es auch sein. Es darf nur mich, die zu schreibenden Stimmungen, die Tastatur und den Bildschirm geben. Aber es gibt erfrischende, unerwartete Ausnahmen, die mich daran erinnern, dass ich noch Teil dieser Welt bin. Die einzige Gesellschaft, die ich mir gewähren durfte, war mein Kater Osiris, der schon viele Wochen zuvor die Gewohnheit entwickelt hatte, während des Schreibens am Computer auf meinen Schoss zu springen. Nun rollte er sich von Zeit zu Zeit auf meinen Knien um sich selbst und ließ mich mit seinem Geschnurre vibrieren. Sein Schnurren bedeutete auch, dass alles im Lot war und ich in diesen Augenblicken nirgendwo anders hingehörte.

Ich schrieb und spielte, während ich auf das Auffüllen meines Gedankenbuffers wartete, Gitarre oder trommelte auf dem E-Drum. Ich wollte weiterschreiben, um an einen bestimmten Punkt zu gelangen. Da ich in den letzten Tagen wenig geschlafen und noch weniger geträumt hatte, musste ich einen Punkt finden, der mir teilweise Frieden bringen würde.

Zwischendurch lief ich durch den kälter werdenden Novemberwind in Richtung Bierpinsel zum neuen Einkaufszentrum in der Schloßstraße, um ein paar Lebensmittel und Zigaretten zu besorgen. Die Ausgaben waren unerwartet hoch und mein Vorsatz, diesen Monat kein weiteres Bargeld abzuheben, gefährdet. Nach dem Schreiben fuhr ich die Musiksoftware auf meinem Rechner hoch und begann, an einer Aufnahme weiterzuarbeiten. Das gestaltete sich vom Spielen her als einigermaßen zu bewältigen, wohingegen ich massive Probleme mit dem Bedienen der Software bekam. Schließlich schaffte ich es, eine zu meiner Stimmung passende Musik aufzunehmen, und ging mit einem Teller Pellkartoffeln mit Quark ins Bett. Ich machte den Fernseher an und zappte mich durch den We-Love-to-Bore-You-Brei des Donnerstagabend-Programms. Ich erwischte Kartoffeln kauend eine Reportage über Königskrabbenfänger in Alaska, stellte den Ton aus und fing an zu heulen. Meine schöne Gefährtin war für immer weg.

Das von mir sonst so gehasste morgendliche Aufstehen war jetzt eine verschwindend kleine Ungemütlichkeit. Rein in die U-Bahn am Breitenbachplatz, am Fehrbelliner Platz einmal umsteigen und auf dem Weg zur Kreuzberglinie eine Schale Papageienfutter holen. Papageienfutter – das geschnittene Obst in handlichen, von Kondenswasser schwitzenden Plastikschälchen. Die gab es jetzt in Berlin fast überall zu kaufen. Zum ersten Mal gesehen hatte ich sie dereinst in Gotham.

Bahnstation Hermannplatz. Ich schaltete meinen MP3-Player ein und drückte den Knopf für Lautstärke, bis sich die Musik im Kopf zu drehen begann. Mein persönlicher Soundtrack in diesem sonnig-kalten Hasenheidenherbst war eine Kollektion von Songs, die ich mit den Bands oder allein aufgenommen hatte in der Zeit, nachdem ich *sie* verlassen hatte.

Noch ein Tag verging. Zwar hustete ich, mikroskopische Unpässlichkeiten versprühend, durch die Gegend, aber seit ich mit dem Schreiben dieses Buches begonnen hatte, fühlte ich mich stark und von größerer Energie erfüllt, als ich sie selbst erzeugen konnte. Ich war zur Schweißflamme geworden, die Vorhänge herunterriss, zusammenfügte und vernichtete, nach einem Plan, von dem ich nicht wusste, woher er stammte, aber dessen große Güte ich zu ahnen begann.

Nachts schlief ich erschöpft und zufrieden, den Kater in meinem Arm, ein. Ich träumte von Jo. Wir befanden uns in ihrer Wohnung, und sie sagte, wir wären jetzt zwei Jahre zusammen, und ich solle mich entscheiden, wie es weitergehen soll. Ich sagte, ich hätte für eine weitere Zukunft keinen Plan, und sie forderte sanft, aber nachdrücklich eine Frist von mir, in der ich aus ihrer Wohnung ausziehen würde. Ich stimmte zu und ging noch einmal in mein Zimmer. Im Bett lag schon die neue Nachmieterin. Es war Y., die wieder ihre langen, lockigen Haare trug, die aus dem Bett wallten. Ich ging zu ihr und nahm ihr Gesicht in meine Hände.

Ich erwachte gegen zwölf Uhr und stellte das TV-Gerät an. In der BBC zeigten sie die Verurteilung von Saddam Hussein zum Tod durch den Strang. Der schimpfte und wiederholte laufend: »Gott ist groß!«

Wieder dachte ich an *sie*, daran, wie sie damals versucht hatte, mich zu ändern. Sie wollte mich passend zu ihrer Welt haben, mich anziehen, meinen Geist umschleifen, bis er zu einem neuen Ich passte. Zum Bild, das sie von mir hatte. Zum Ich eines Mannes mit Zutrittsberechtigung zu allen Türen dieser Welt. Aber ich gehörte dort nicht hinein.

Ich gehörte in die High Society höchstens als Beobachter. Meinen Bedarf an Kunst und Literatur deckte ich selbst ab. Es steckte so viel mehr Leben in einer weggeworfenen Snickers-Packung als in den meisten Ausstellungsstücken der Museen mit ihren Tropfen um Tropfen immer weiter auslaufenden Herzblutkonserven vergangener Großpersönlichkeiten. Ebenso wenig gehörte ich mit Haut und Haaren der gealterten Prenzlauer-Berg-Schattenkultur an, obwohl mich mit dieser viel mehr verband.

Ich gehörte in die normale, brüllende, verzweifelte, ungesundes Zeug essende, ängstliche, aggressive Welt, als lernender Zeuge der Gegenwart und frühen Vergangenheit. Als Täter und als Opfer. Deswegen hatte mein Leben mich in all diese Jobs fallen lassen, anstatt mich als Bücher verkaufendes Dünnblut mit musikalischen

Ambitionen dämmern zu lassen. Ich wollte kein Mensch sein, der vor lauter Geistesblitzen keinen Nagel in die Wand bekommt.

Was war anders geworden in diesem November? Wie hatte ich mich in der langen Zeit, in der ich ohne sie gelebt hatte, verändert? Zum zweiten Mal in meinem Leben zog ich Bilanz und saß an einem Buch. Ich aß Weintrauben, kochte Hühnersuppe und hatte Sehnsucht nach ihr wie seinerzeit. Diesmal allerdings ohne die Hoffnung auf wenigstens kurzzeitige Linderung meiner Leiden durch ihr Erscheinen. Freiwillig rauchte ich jetzt höchstens fünf Zigaretten am Tag und trank zum abendlichen Schreiben Kräutertee, um ruhig zu werden. Schaltete ich in den Pausen das TV-Gerät an, verletzten mich mehrere Dinge, die alle mit ihr zusammenhingen: Berichte über den politischen Untergang George Bushs, weil es um das Land ging, in dem sie jetzt lebte – mexikanisches Essen, Liebesszenen, Karrierefrauen und Szenen, in denen Familien mit Kindern gezeigt wurden. Ich sah zum Beispiel einen Beitrag in einer Show für Kinder, in der die Vermehrung von Stichlingen Thema war. Ich dachte an sie und ihre beiden Kinder und schaltete ab.

Eis10

Im Gegensatz zu damals verfügte ich diesmal über mehr Strategien, um überschüssige negative Energie, deren Transformation in eine nützlichere Energieform noch nicht abgeschlossen ist, in etwas Ungefährliches, Lebendes zu verwandeln. Ich spielte Schlagzeug oder legte weite Entfernungen zu Fuß oder auf dem Fahrrad zurück. Ich fuhr zur Krummen Lanke, um bei so ziemlich jedem Wetter schwimmen zu gehen. Ich lernte, meinen persönlichen Brennpunkt zu finden, große Teile der Welt, die meist mit der Gesamtheit ihrer Facetten in meiner Seele toste, auf Verlangen auszublenden, um mit dem jeweiligen Teil zu verschmelzen, den ich beschreiben wollte. Ich war in den geschützten Teil meines Betriebssystems vorgedrungen, nach außen gesichert durch eine blauglänzende Schicht des von mir in etwas anderes verwandelten Eis9.

Eis10 – der ausgediente Schutzmechanismus begann sich zu verändern. Ich würde das Visier herunterlassen, um meinen Kern teilweise freizulegen. Etwas Neues würde in den Kern hineinfinden, jetzt oder irgendwann. Meine Schmerzen begannen, sich durch das Schreiben des Buches zu verändern. Sie wurden kleiner und erträglicher. Sie verwandelten sich in Stiche, die mir Richtung und Antrieb sein würden.

Hundert Jahre

Die Tage im Mai, sie schmecken nach Linoleum und Leben.
Die Tapete von gestern raubt mir den Verstand
und die Hände, sie zittern mit dem Weckerticken
und der Morgen ist farblos und das Gestern verbrannt.

Und zwei Gesichter streicheln hundert Jahre lang
und einsam juckt es in uns hundert Jahre lang
und unser Leben leben hundert Jahre lang
und nichts von anderen nehmen hundert Jahre lang.

Ich will meine Zeit und ich will mein Leben.
Ich will jede Sekunde, dass der Morgen erwacht.
Und ich will, dass Du abhaust, scheiß auf Illusionen,
werde mein Märchen mir nehmen, habe ich gedacht.

Jugend existiert nicht
Alter existiert nicht
Existenz existiert
Zeit existiert nicht
Du existierst nicht
Ich existiere nicht
Du existierst
Ich existiere
Tod existiert nicht
Leben existiert!
Ich existiere nicht

Das alles konnte wahr sein. Jetzt war ich geschützt durch eine etwas durchlässigere Hülle aus Eis10. Sie schützte den Kern, die laserartige Schweißflamme meines inneren Reaktors.

In diesem neuen Zustand fuhr ich zu meinen Eltern an den Stadtrand.

Es waren Gäste eingeladen. Darunter H., die Frau, die ihr Leben derzeit nur teilweise in ihrer Hermsdorfer Wohnung zubrachte. Sie zog jedes Mal für ein Weilchen zu ihrer Schwester, um sich von der Chemotherapie oder der Behandlung mit Antikörpern zu erholen. Meine Mutter sagte, Ärzte hätten H. prognostiziert, noch etwa bis in den kommenden Frühling zu leben. Die Frau, die der Umstand, eine gute Freundin meiner Familie zu sein, auch zu meiner Freundin gemacht hatte, wirkte ungewöhnlich gefasst und in dieser Welt verankert. In keinem ihrer Blicke konnte ich etwas von möglicher geistiger Abwesenheit entdecken. Sie sprach über ihre Haare und darüber, dass sie sie heute nicht gewaschen habe, da sie sonst wahrscheinlich ausgefallen wären. Sie würde am kommenden Tag zu einem Perückenmacher gehen und sich den Pony ihrer Kunstfrisur passend zum Gesicht zurechtschneiden lassen. Zu dieser auf ihren Alltag zukommenden Frisur mit kleinen Strähnchen sagte sie »Mütze«. Sie lebte seit einigen Jahren allein und sagte, sie hätte unter der Woche keine Lust, nur für sich selbst etwas Aufwendigeres zu kochen. Sie liebte das Essen und genoss das von meiner Mutter servierte Sonntagsmenü. Die Unterhaltung am Tisch brachte uns dazu, über ein Trendrestaurant im Prenzlauer Berg zu reden, das von Blinden bewirtschaftet wurde. Auf dem Tisch lag ein Prospekt, das die Vorzüge des Essens in absoluter Dunkelheit pries. Die Sinne würden geschärft werden und sich verändern. H. sagte, sie würde es nicht besonders schätzen, nicht zu wissen, wie das aussieht, was sich beim von einem blinden Kellner servierten Menü auf ihrer Gabel befindet. Ich erzählte von einer Bekannten, die mir von ihrer Erfahrung berichtet hatte, für eine gewisse Zeit allein in der Wüste zu sein, wo sich durch Reduzierung verwirrender Alltagseindrücke die Sinne neu fokussierten und klärten. H., die ich als eine verständnisvolle, interessierte Frau kannte, ließ diesen Teil des Gespräches kleiner werden und schließlich im Sande verlaufen, und ich begann zu begreifen, dass die Reduzierung von Eindrücken zu diesem Zeitpunkt nicht in H.s kleiner werdende Welt gehörte.

Nach dem Kaffee kam mein jüngerer Bruder, der sein Geld als Anzeigenberater im Springer-Verlag verdient. Bevor er beide Füße im Inneren der Wohnung hatte, stürmte sein Boxerhund Jason herein, zerrte meinem Bruder die Leine aus der Hand und verwandelte die Runde kurzzeitig in kugelblitzartige Schwanzwedel-Anarchie. Alle waren nervös, lachten und waren hektisch damit beschäftigt, die Tassen und Gläser auf dem Tisch festzuhalten. Jason sah mich auf dem Sessel sitzen, sprang, bekam seine jugendlichen Vorderpfoten auf meine Schultern und steckte mir kurz seine Zunge in den Mund. Wieder klingelte es. Mein Neffe war von seiner langen Reise als Messebauer aus Spanien zurückgekehrt. Abgesehen von seiner für diesen eisiger werdenden, dunklen Novemberabend untypischen Bräune wirkte er mit seiner riesigen Statur und dem kahl geschorenen, ungleichmäßig geformten Kopf wie Fester aus der Addams Family.

Eine weitere Nacht lag hinter mir. Nachdem ich, was untypisch für mich war, morgens gegen dreiviertel acht aufgewacht war, um die Wiederkehr eines unerträglichen Juckens auf meinen Handflächen festzustellen, das von meinem Gemütszustand herrühren dürfte, entschloss ich mich, den Kopf auf die Seite zu legen, um nach einem Traum zu suchen. Ich träumte von einem Gefängnis, in das ein Mädchen und ein Junge gesperrt waren. Das Mädchen sah sich gründlich in allen Ecken des Verlieses um und fand einen Ausgang. Diese Szene stammte in durch den Traum etwas veränderter Form aus einem kürzlich gesehenen Film. Ein Gleichnis, das wie ein Gemälde oder eine Fotografie zu unterschiedlichen Situationen passte. Ich dachte wieder an die Passage aus Spiders Song »Wolla«: »It's not about me, it's not about you, it's all about the you know who.«

Teile des Puzzles fügten sich zu einem Teilbild zusammen. Natürlich ging es nicht nur um mich oder sie. Irgendwas war insgesamt los mit all diesen ins Nichts führenden Beziehungen meiner in die Jahre gekommenen Spaßgeneration X. Ich war nämlich nicht der Einzige, dem es so erging.

Das meereswellenartige Auf und Ab, das mich nun schon einige Monate verfolgte, führte mich einer weiteren Wellenbewegung zu. Ein neues Hoch folgte, in dem ich mir einbildete, alles sei genau so, wie es sich entwickelt hatte, perfekt gelaufen, für mich, für sie und für den Rest unseres Universums.

Ich begann, mich angetrieben von euphorisierenden Feuerstößen durch meine Nachmittage zu bewegen. Ich rannte mit freudig klopfendem Herzen über die Oberbaumbrücke, als ich mich mal wieder auf dem Weg in den Osten befand. Etwas war immer noch gut an dieser Welt.

Wenige Meter von meinem Standpunkt entfernt lebten Freunde von mir, die vor wenigen Jahren eine kleine Tochter in dieses Leben gelassen hatten. Ich begann, mich an Dinge zu erinnern, die mich einmal glücklich gemacht hatten. Das große Privileg, immer Freunde gehabt zu haben, gehörte dazu. Auch ohne die Gesellschaft einer Frau, die ich womöglich niemals finden würde, fand ich immer mehr Dinge, die mich ins warme Licht zurückbringen konnten.

Eis9 und seine Folgeversion begannen, unnötig zu werden. Ich hatte etwas anderes entdeckt. Ich begann, mich an Fragmente meiner Welt zu erinnern, die ich immer gemocht hatte. Daran, wie im Sommer, wenn mittags das Sonnenlicht mit dem Straßenbelag spielte, Millionen Kristalle in den Straßen aufflammten. Ich erinnerte mich an eine Zeit, in der mir diese Lichterscheinungen mehr bedeutet hatten als der Glanz von Spiegeln und Edelmetall. Ich erinnerte mich auch daran, wie Feuerwerk roch und der Bauch meines Katers.

Jetzt würde ich sie loslassen können – mit einem Lächeln.

Marzahn, in der Nähe des alten Dorfkerns.

Im Blumenkiosk an der Straßenbahnhaltestelle kaufte ich Zigaretten von einer Vietnamesin. Die erste Zigarette dieses Tages zündete ich erst nach ein paar Metern an. Dort, wo mich das erste Zehn-Etagen-Haus der Plattenbausiedlung vor dem Wind schützte, der aus Richtung Alexanderplatz gegen die linke Seite meines Körpers blies. Kein Tag war wie der andere. Mir ging es gut. Ich würde es mir zur Aufgabe machen, aus den scheinbar endlosen Wiederholungen von nichts Besonderem das Es herauszuoperieren, um Es ins Licht zu rücken. Es gab überall diese Glücksatome, über die ein ungeduldiger Blick so häufig hinweghuscht. Sie alle zu finden, würde Es erzeugen. Danach wollte ich von jetzt an suchen.

Noch etwas würde ich ändern: Von jetzt an würde ich Schritt für Schritt aus der Isolation heraus in die kommende Zeit gehen. Bisher hatte ich kaum etwas von dem geschrieben, was mich Tag für Tag neugierig und hoffnungsvoll aus dem Fenster sehen ließ oder sich offenbarte, wenn ich die ersten Meter mit dem Fahrrad zum Breitenbachplatz fuhr und die Stadt mir ihren eigentümlichen Atem ins Gesicht blies. Es gab jede Menge Hoffnung und jede Menge Gründe, durch jeden sich auftuenden Tag zu lavieren. Berlin war nicht die schlechteste Stadt, um in ihr älter als vierzig Jahre zu sein.

Ich sah auf die Gesichter von Frauen und Männern in der U-Bahn, die zur Warschauer Straße fuhr, und war neugierig, was sie bis zum Zeitpunkt, an dem ich sie erblickte, mit ihrem Alltag angestellt haben mochten. Ich sah durch das Fenster, und die Stadt blickte durch einen schrägen Strom das Fenster entlangschleichender Regentropfen zurück. Die sahen aus wie Leuchtkugeln, die einen Schweif hinter sich herziehend zu Boden sanken, oder wie menschliches Sperma unter dem Mikroskop.

Görlitzer Bahnhof. Hier hatte mein Vater seine Kindheit verbracht. Schlesisches Tor, wo ich damals zusammen mit Jo die Pfuelstraße entlanggestürmt war, in der Nacht, als die Mauer aufhörte eine Don't-do-it-Area zu sein. Langsam rumpelte die gelbe Schlange, in der jetzt nur noch wenige Fahrgäste saßen, über die Spree. Jetzt wusste ich nicht, wo ich als Erstes hinsehen sollte. In Richtung Alexanderplatz, in dessen Reichweite eine wichtige Ader des magnetischen Zentrums der Nachwendekunst lag. Besser noch die andere Richtung, links den Blick am Universal-Music-Gebäude vorbei, wo wenige hundert Meter weiter am rechten Rand der Spree das Badeschiff schwamm.

Warschauer Straße – umsteigen in die S-Bahn Richtung Ahrensfelde. Ein Blick herunter von der auf festes Gebiet auslaufenden Oberbaumbrücke auf das Gleisbett, auf das jemand das verbogene Schutzblech eines Fahrrads geschmissen hatte. Die Leute in der Umsteigeschlange vor mir liefen viel zu langsam, als hätte man ihnen die Beine gebrochen.

Und dann begann ich zu denken, dass ich nicht existierte, jedenfalls nicht so, wie ich es mir bisher vorgestellt hatte. Nichts an mir war originell. So ziemlich jedem Passanten, dem ich begegnete, ging es wie mir. Alle waren sie auf der Suche nach dem Es, hatten Angst sich zu verlieben und Angst vor dem Tod.

Keinen meiner Gedanken und keines meiner Gefühle hatte ich für mich allein. Es verhielt sich wie mit den Tönen der Tonleiter. Es gab insgesamt nur elf verschiedene, und die wurden immer und immer wieder kombiniert und neu entdeckt. Weder die Töne der Tonleiter noch meine Gedanken und Gefühle gehörten mir allein. Nicht einmal mein Körper war einzigartig. Er war eine beliebige Kombination austauschbarer Bausteine, die sich zudem laufend veränderte. Der Punkt war: Ich war nicht einzigartig, also gab es mich nicht. Dann aber gab es auch meinen übermäßig großen Schmerz nicht, denn auch der war austauschbar.

Es ging um etwas anderes, und dem wollte ich von jetzt an folgen. Da ich nicht existierte, gab es nun nichts mehr, das ich zu beschützen hatte. So entfernte ich in mehreren Schritten den Eispanzer. Kernschmelze und Auflösung standen unmittelbar bevor. Die Firewall würde ich in Kürze ganz abschalten. Der größte Teil meines Schmerzes war eingebildet und hatte mit der mich umgebenden Welt kaum etwas zu tun. Er war ein vom Leben gewollter Motor, ein Stachel, der mein Ich laufend in eine andere Richtung trieb, in die ich niemals freiwillig gehen wollte. Ich begann zu verstehen, dass ich nicht existierte. Nicht als Persönlichkeit, der das Recht auf eine Illusion von Egoismus zustehen würde.

Ich war eine Formation aus Zellen und Gedanken, die als lose Wolke um einen Kern aus Intensität herumschwirrte. Für sich genommen enthielt meine Ichformation nichts Originelles. Ich war Teilmenge einer Gesamtenergie, die sich eines Tages als umfassend gut herausstellen würde und die ich vorläufig Es nannte. Das Ichmodell hatte ausgedient. Generation X war gealtert, Generation Y auf der Suche, Generation Z größtenteils ungeboren. Die Linie würde bald zu Ende sein. Es würde nach Z nichts mehr geben.

Ein neues Gedankenexperiment begann dem, was von mir übriggeblieben war, Spaß zu machen.

Wenn das wirklich Neue kommt, wenn jedes lebende und scheinbar leblose Objekt dieses Universums mit seinem Nachbarobjekt so oft getauscht hat, bis einfach alles alles und jeder jeder gewesen ist. Wenn der Stein zur Pflanze, der Rockstar zum Obdachlosen, das Opfer zum Täter geworden und ich sie und sie ich gewesen ist. Wenn all diese Energiequanten getauscht sind und sich alle Teilmengen zu einer Gesamtmenge zurückvereinigt haben, werden das Zeitalter der Energie und die überlebte Suche nach Adrenalin und Technologie ihre Relevanz verlieren, damit etwas Neues entstehen kann.

Jetzt war ich bereit, ein in mir befindliches, zu groß gewordenes Ich sterben zu lassen.

Die maximale Verletzung

Das Ich lag eineinhalb Stunden nach Mitternacht im Bett, um einem inneren Getöse zu lauschen, das es viel lieber abgestellt hätte. Das Getöse war ein Gemisch aus rauschenden Autos und einer Musik, die immer und immer wieder wiederholt wurde. Es umklammerte die hinter seinem Kopf befindlichen, beruhigend kühlen Rippen einer in dieser Jahreszeit abgestellten Zentralheizung und starrte in die durch mehrere leuchtende Digitalanzeigen unterbrochene Finsternis. Zum inneren Unruhezustand addierte sich in kaum kalkulierbaren Intervallen das Tappen des Hundes, mit dem das Ich beinahe die gesamten Tage und Nächte, die in den vergangenen drei Jahren verstrichen waren, zugebracht hatte. Jetzt tappte der Hund zur abgestellten Zentralheizung und stippte seine feuchte Nase vertraulich an die Hand, die immer noch eine der Heizungsrippen umklammert hielt. In diesem Augenblick fühlte das Ich, wie ein großartiger Mollakkord in seinem Inneren ertönte und, solange die Berührung mit der Hundenase dauerte, das Rauschen zum Schweigen brachte. Ohne Zweifel konnte man in diesen wenigen Minuten Zeuge der tiefstmöglichen Empfindung werden, die Menschen für Tiere haben können und von der Gleiches der kleineren Spezies unterstellt werden darf. Dies hier hätte von allen Begebenheiten, die sich in diesem Augenblick in der sich in Nachtruhe befindenden Stadt ereigneten, die allerfriedlichste sein können, wäre der Akkord, den das Ich eben vernommen hatte, nicht ein unendlich trauriges Moll gewesen, sondern ein heiteres, beschwingtes, erbauliches Dur.

Einen Augenblick später verflog der innere Klang und wich einem noch stärkeren Getöse, dem auch durch das beruhigende Umklammern des Heizkörpers nicht beizukommen war. Das Getöse schien sich von jetzt an auch vom Inneren des Ichs nach außen auszudehnen. Schon zuckten unter der leichten Bettdecke die Beine, denen es unter der dünnen Isolationsschicht der synthetischen Fasern zu warm geworden war. Wie von allein knickte sich das eine Bein unter der Decke hervor und folgte jetzt zwanglos der Schwerkraft. Wieder kam der Hund vorbeigeschlichen, und als er offensichtlich erfreut den Fuß seines Herrchens auf dem Boden wahrnahm, legte er sich daneben, bettete behutsam seine lange Schnauze auf den Fuß und ließ einen tiefen Seufzer hören, der kurzzeitig in ein wonniges Knurren überging. Nur noch wenige Momente vergingen, bis das Ich beschloss, die Ruhestätte zu verlassen, und von da an übernahm das bis ganz kurz vorher nur teilweise ausgebrochene Getöse das Kommando.

Das Ich ging in die Küche, öffnete das oberste von drei Schubfächern aus billigem hellen Holz und holte ein langes Messer heraus. Als wenige Augenblicke später der verwunderte Hund in die Küche lief, um Ausschau nach seinem Herrchen zu halten und eventuell einen Leckerbissen zu empfangen, wurde er von der Seite gepackt und zu Boden gedrückt. Zu verdutzt, sich zu wehren, wand sich der Hund einige Male, was ihm einigermaßen gut gelang. Nur die linke Pfote ließ sich nicht rühren. Das Ich hatte sie von allen Teilen des Hundes am festesten gepackt, und jetzt sauste ein silbriger Blitz hinab und änderte zugleich seine Farbe zu Rot. Ein Schrei fuhr durch die Seele des Hundes, zu groß, zu umfassend, zu überrascht, zu enttäuscht, um durch seine Kehle nach außen zu finden. Jetzt war der Hund zu einem Blitz geworden und taumelte ungeschickt und von allergrößter Unruhe ausgefüllt, die in diesem Augenblick viel zu groß war, um Angst zu sein, in den am weitesten entfernten Teil der Wohnung, um sich zu verkriechen. Das Ich ging zurück zur Schlafstätte, Blut tropfte jetzt von seinen Händen und verklebte die Haut zwischen den Fingern. Das Ich legte sich nieder und starrte in die unvollkommene Finsternis. Jetzt war es in großen Teilen der Seele fast still. Sie war bestimmt vom vorhin vernommenen Mollakkord, der sie nun fast komplett ausfüllte. Aus einiger Entfernung vernahm diese Seele das leise, kaum vernehmbare Winseln des schwächer werdenden Hundes, der ungläubig und Schutz suchend nach seinem zweibeinigen Schicksal rief.

Für beide Bewohner dieser gedachten Wohnung verging der Rest jener Nacht in einem ohnmachtähnlichen Zustand. Im hereinbrechenden Morgengrauen lud das Ich eine einschüssige Pistole, hielt sich die Mündung der Waffe, die große Ähnlichkeit mit einer stählernen Null hatte, an den Kopf und drückte den Abzug.

Ich existierte für eine wohltuende, heilsame Weile nicht mehr. Aber die Stadt existierte und das Leben in ihr.

Hermannplatz an der Grenze von Kreuzberg zu Neukölln. Dieser Nachmittag schien einer künstlichen Welt zu entspringen. Er war wie ein Stimmungsbild in Öl, dem jegliche Temperatur und Feuchtigkeit fehlten, die allen Novembern vor der allgemeinen Temperaturänderung und der damit verbundenen Artenwanderung zu Eigen gewesen waren. Dieser Mittnovembernachmittag des Jahres 2006 könnte geträumt sein von den nervösen Einwohnern Berlins.

Derweil schaffte man im öffentlich-kulturellen Fernsehen die körperliche Liebe ab. Man hatte sie für nicht ausreichend interessant befunden. So wurde diese Art von Liebe abgelöst durch ein Surrogat aus Seelen- und Rückenmassagen sowie ausgedehnte Frühstücke mit akkurat drappierten Brötchenhälften und die Lektüre von Büchern über die Darmreinigung mittels Apfelessig.

Man tauschte über zur Verfügung stehende Kommunikationswege Nachrichten über den Zustand der Polkappen aus, Nachrichten darüber, welche Mengen Eis in den letzten Monaten geschmolzen waren. Niemand wunderte sich darüber, dass gleichzeitig mit dem Verschwinden der großen Eismengen an den Polkappen eine großflächige Vereisung an anderen Plätzen stattfand. Es vereisten die Herzen der Stadtbewohner. Leute bewegten sich mit beinahe halbjährlich steigender Geschwindigkeit in Richtung A, aus der ihnen mit eifriger Geschwindigkeit Personen entgegeneilten, wobei sich ein Außenstehender amüsiert fragen durfte, was wohl Schreckliches geschehen würde, wenn einfach jeder an seinem Platz bliebe.

Spaziergang durch Urban- und Jahnstraße, schließlich am Karstadt vorbei zurück in die Hasenheide, um dann wieder vor dem Spielzeugladen zu stehen. Zu sehen gibt es eine Kette, deren Glieder einem sich auflösenden Muster entsprechen und von der ab dem fünften Glied keine größeren Überraschungen zu erwarten sind. Satellitenantennen schweigen in Richtung Südwesten und empfangen Muttersprache, die sich wie das geheime Wissen einer Zunft im Untergrund der Stadt ausbreitet.

Es gibt Kinder in diesem Teil der Stadt in angeschmuddelten Kinderwagen, angemessen von Zuneigung gereinigt, aber immer angeschmuddelt genug von Unmengen von Teechenbreichenkekschen. Junge Mütter verneigen sich vor der künstlichen Sonne, um in die Gesichter der jüngsten Stadtbewohner zu blicken. Ein neugieriges Augenpaar würde jetzt gern wissen, wie dieses restliche Drittel Tag beim observierten Menschmolekül zur Nacht wird.

Hasenheide im Spätherbst bei neunzehn Grad und falschem Wetter. Ein braunes Eichenblatt kreist vor der Lidl-Filiale an einer Laterne entlang nach oben, wo Horizonte darüber Nebelspuren von Verkehrsflugzeugen den Himmel portionieren. Kurz vor dem Südstern Kehrtwende und auf der anderen Straßenseite entlang. Ein Hauseingang mit einer Metalltafel erinnert an Personen, die sich im Zweiten Weltkrieg gegen die damals dominierende Zackigkeit gestellt haben und daran gestorben sind. Einen halben Kilometer weiter steht eine junge Frau mit weißem Kopftuch, an jeder Hand ein Kind, und wartet auf das Ergrünen der Ampel.

Hackescher Markt am Abend des gleichen Tages. Eine junge Frau sitzt in einem unterirdischen Laden, der direkt an der Oranienburger Straße liegt, und hat die Hand auf den Kopf einer glänzend schwarzen Hündin gelegt. Das Maul der Hündin ist lang und spitz wie das eines Krokodils. Sie beißt mit weiß rollenden Augen und bis kurz vor dem Halswirbelbruch in einen verknoteten Strick, der sich in dieser Sekunde freut, keine Hand zu sein, sonst würden Knochen knacken.

Die junge Frau am Ladentisch verkauft gerade einen künstlichen Furz, als die Krokodilhündin, ihrem eingebauten Betriebssystem folgend, zwei dänisch dreinblickenden, die Steintreppe herunterklappernden Besuchern entgegenschallt. Schnell und peitschend wie eine Knallgasexplosion. Mit bezahlbarem Spaß in Tüten verlassen die Statisten den Ort und eilen zum Hackeschen Markt.

Die junge Frau legt Münzen und eine zerknitterte, bereits von unzähligen Geldscheinprüfern gepeinigte Note in die Lade und erzählt von ihrer Vergangenheit. Sie gehört der Generation Y an. Sie war damals, als die Berliner Mauer zu vierzig Jahren Unsichtbarkeit verurteilt wurde, noch ein kleines Mädchen.

Draußen auf der Oranienburger Straße rieselt ein zaghafter Regen an den Lichtern der Laternen hinunter auf die aufgespannten Regenschirme der Damen für Geld. Strahlend weiße Verkehrshindernisse, die sich wie Verkäufer von Obdachlosenzeitungen den männlichen Passanten in den Weg stellen. Das Restaurant am Ende dieser Straße hat brennende Fackeln um die Tische vor der Eingangstür gestellt. Die gelben Flammen lecken genussvoll die vom Himmel fallenden Wassertropfen.

Der neue Hauptbahnhof lädt Selbstmörder zu einem Sprung von der nach oben führenden Hauptrolltreppe ein. Die Sensation würde dann eine Viertelstunde lang in der Frühstückszeitung stehen, um zwei Nachrichten weiter vergessen zu werden.

Juckreiz

Spät morgens die erste halbe Tasse kalter Kaffee, der den Blutdruck auf Soll bringen wird und gleichzeitig Antidepressivum ist. Eine der Nebenwirkungen ist Juckreiz, der sich in letzter Zeit an den Händen ausbreitet. Er beginnt an einem beliebigen Punkt der rechten Hand, wo es zunächst reicht, mit der Rückseite eines Fingernagels sanft zu reiben. Nach wenigen Augenblicken bildet sich ein stark juckendes Feuer an der streichholzkopfgroßen Stelle und elektrisiert den rechten Unterarm.

Jetzt ist es an der Zeit, den Fingernagel der linken Hand tiefer in das juckende Feuerchen zu stoßen, und es kann wohltuend und hilfreich sein, jetzt dieses natürlichste aller Kratzwerkzeuge beim Reiben hin- und herzudrehen. Tut man es, vermehrt sich das Juckfeuer und verbreitet sich auf gut drei Vierteln der Handfläche. Die Hand beginnt, feucht zu werden, und lässt sich schon nur noch mit einer aus drei Fingern gebildeten Forke beackern. Drei parallele weiße Linien sieht man jetzt kurzzeitig die inzwischen stark gerötete Handfläche durchfurchen wie die Heckwelle einer Wannseefähre. Nun sticht man tief in die nervösen Punkte und versucht, sie zu unterbohren, tiefer in die Hautschicht zu gelangen, um die Feuerchen aus der Haut zu reißen oder in kleine, erträgliche Schmerzen zu verwandeln. Es gelingt nicht, und so versucht man, mittels katzengleicher Hiebe die Fingernägel in den geplagten Teppich aus Nervosität zu schlagen, um der Sache beizukommen. Das bewirkt einen kurzzeitigen Schauer aus unerwartet hohem, aber durchaus erträglichem Schmerz, der aber sofort durch noch größeren Juckreiz weggewischt wird.

Jetzt juckt die andere Hand, beginnend an ein bis zwei Punkten, und es kann nun versucht werden, kräftig in die Hände zu klatschen, was, heftig genug durchgeführt, eine befriedigende Linderung bewirkt. Schnell reibt man die Handflächen aneinander und ineinander, was eine hohe Erhitzung der betroffenen Stellen und weitere Linderung des Juckreizes bewirkt. Leider aber auch eine höhere Durchblutung und deswegen einen noch besseren Transport der Nervosität. Jetzt kann zum Werkzeug gegriffen werden. Ein Reibeisen zur Parmesanverfeinerung von italienischem Essen sollte gute Dienste leisten. Nicht zu tief in die juckenden Punkte gestoßene Nadeln, die man nach dem Eintauchen in die Oberfläche der Haut kurz zur Seite reißt. Ein kurz angeschnipptes Feuerzeug leistet einen guten Dienst, lässt man die gelbe, spitze Flamme mit Bedacht und Sachverstand an den betroffenen Stellen lecken. Schließlich kann noch eine scharfe Flüssigkeit auf das Schlachtfeld aufgetragen werden, die in die im Kampf entstandenen Krater eindringen wird und durch einen weiteren Schmerzreiz den Tatort neutralisiert.

Samstagmorgen, Hasenheide. Am Horizont zeigt ein von innen betretbarer Finger in den Himmel. Es ist die schweigsame Kirche am Südstern, in deren unmittelbarer Nähe in einem Gartenrestaurant eine sehr scharfe Suppe aus Kokos und geraspeltem Feuer verzehrt werden kann. Gegenüber dem Eingang zur Hasenheide schlendern gutgelaunte Verkäufer in den Spielzeugladen für Männer, ziehen die Magnetkarten durch den Schlitz der elektronischen Stechuhr und wünschen sich gegenseitig einen stressfreien Tag. Am Eingang für Mitarbeiter steht Herr K. und inspiziert, während er an einem Apfel knackt, die mitgebrachten Gegenstände, um eventuellen Eigentumsdelikten vorzubeugen. K. ist nun das fünfzehnte Jahr in diesem Laden tätig und Besitzer einer Eigentumswohnung sowie Teil einer Familie, die außer ihm noch aus seiner Frau und seinen zwei Kindern besteht. Heute wird er seiner Tochter, die Schlagzeug spielen lernt, ein paar Trommelstöcke als Zugabe fürs in weniger als einem Monat stattfindende Weihnachtsfest kaufen.

Im Aufenthaltsraum für Mitarbeiter sitzt Reiner Wahnsinn mit verschränkten Armen vor einem kleinen Stück Kuchen und schiebt seinen *Berliner Kurier* einem Kollegen zu, der nervös die auf den zusammengeschobenen Tischen verteilten Werbezettel durchgesehen und schließlich nach der Zeitung gefragt hat. Bald öffnet sich die Tür zum Raum für das Viertel einer Stunde im Minutentakt. Ein Strom von Männern und Frauen huscht herein, und diensteifrige Munterkeit trifft auf unterdrücktes Gähnen und finster gesenkte Blicke. Es teilt sich hier die Gruppe grob in Fenster-auf-Musik-an-Typen und Fenster-zu-Musik-aus-Typen. Hastig werden Teebeutel in Tassen geschwenkt, krachend Gebäck und andere Mitbringsel in Blutbahnen gekaut und zügig in weitere Verkaufsenergie transformiert.

Der Spielzeugladen für Männer ist für die kommenden zwölf Stunden geöffnet. Jemand geht die Treppe nach unten, um die ausgestellten Fernseher einzuschalten. Es macht »pfft« und britzelt aus den Bildröhren. Die Hand legt sich kurz auf die gläserne Oberfläche eines Gerätes und fühlt, wie die Hochspannung Elektronen auf den Handrücken sprüht. Eine Werbejingle für

Powerknete tönt jetzt aus mehreren Lautsprechern und preist an, wie wunderbar sich das Produkt für jegliche Reparaturen im Haus eignet. Auf den Schirmen schneidet ein Haushaltsmesser einen Streifen der Zwei-Komponenten-Wunderwurst ab. Eilige Schritte klappern die Treppe nach oben, stürmen den Hauptgang der oberen Etage nach hinten, wo die Lichter am buntesten sind, und erste »Hallos« werden laut. Hallos, weil ein Verkäufer in Rufentfernung gesichtet wurde, Hallos, weil Handys gezückt und an die Ohren gehalten werden. Spielzeuge werden ausgepackt, zurückgegeben, begutachtet, belächelt, angeschnauzt, schließlich mehr oder weniger stolz in die untere Etage befördert, wo eine Barriere von lächelnden Kassiererinnen mittleren Alters kostenlose Garantieverlängerungen empfiehlt, während sie die Bündelchen von Geldscheinen unter Schwarzlichtröhren auffächelt, um Falschgeld auszusortieren.

An Barriere sechs sitzt die zweifelhafte Frau L. Sie möchte ihre Arbeit peinlich genau machen. Deswegen ist sie laufend voller Zweifel. Sie greift nach dem vor ihr hängenden Sprechapparat für Durchsagen und Telefonate. Überall im Hause knackt es jetzt, und Frau L. formuliert sorgfältig und in der Mitte eine Pause machend ein zusammengesetztes Substantiv, das sie, da vorläufig niemand darauf reagiert, wiederholt und wiederholt, wobei sie die erste Silbe mit jedem Versuch lauter und lauter werden lässt. Es erscheint ein kurzsichtiger Mann von über fünfzig Jahren mit strubbeligem grauen Bart und wiegt ein strittiges Spielzeug in seinen Händen. Er murmelt eine Entschuldigung, erwähnt die vor einiger Zeit von Politikern beschlossene Erhöhung der Mehrwertsteuer und verschwindet, da dieser Umstand den ihm gegenüberstehenden Mann nur wenig interessiert, für einige Minuten, um bald darauf ein bisschen gebeugter mit einem anderen Spielzeug zu einem kleineren

Preis wieder zu erscheinen. Den Zweikampf, den er in den letzten Wochen meistens verloren hat, trägt er die Treppe nach oben, öffnet die zwei Türen, die den Geschäftsbereich von der nach frischem Kaffee duftenden, geschützten Zuflucht trennen, und schiebt eine durchsichtige Schale hinter die Glastür einer Mikrowelle.

Gleich wird er schweigend, das Gesicht tiefer als üblich über die Schale gebeugt, eine von seiner Frau zubereitete Kostbarkeit zergabeln und erneut einen Blick in die »Zeitung« werfen. Die Zeitung ist ein immer gleiches Bündel gefalteten Papiers, auf dem eine Flut von Bildern, umrahmt von frei erfundenen zusammengesetzten Substantiven in schwarzer Riesenschrift, stattfindet. Auf der letzten Seite des Papierbündels rekelt sich eine langhaarige Frau um die vierundzwanzig in einem knappen T aus Satin. Das Foto daneben zeigt eine andere junge Frau, die kürzlich ihr Neugeborenes unter ein parkendes Auto gelegt hat, um dann einfach ihres Weges zu gehen.

Noch einmal knackt es in der allgegenwärtigen Lautsprecheranlage, aus der eben noch eine geil-geizende Rio-Reiser-Kopie singend einen Laptop angepriesen hatte, um dann zu behaupten, nicht blöd zu sein. Es folgt eine Durchsage, und der kurzsichtige Verkäufer steht auf, weil ihn der Geschäftsführer des Spielzeugladens in sein Büro gerufen hat.

Niemand weiß genau, warum die Frischluftzufuhr der Klimaanlage mit einem Sumpfloch des Amazonasgebietes verbunden ist. Wären Temperaturen und Luftfeuchtigkeit nicht so hoch, könnte man meinen, auf dem Mars zu sein, denn der Sauerstoffgehalt der Gasatmosphäre im Spielzeugladen beträgt etwa ein Prozent. Die Hälfte der O_2-Moleküle, die hin und wieder im Laden geatmet werden können, stammen von einer Topfpflanze aus dem Büro in der Chefetage, in dem übrigens geraucht werden darf, die andere Hälfte fand den

Weg durch eines der geöffneten Fenster. Man munkelt, der niedrige Sauerstoffgehalt im Laden sei Absicht, um die Belegschaft auf die Eröffnung einer weiteren Filiale vorzubereiten, die sich voraussichtlich auf dem Mars befinden wird.

Die Transformation der verschiedenen Mitarbeiter von leidenschaftlichen Lungenatmern zu anaerobem, marstauglichem Ladeneigentum erfolgt unterschiedlich schnell, gelang aber bei einem der Kollegen nahezu vollständig. Dieser bewegt sich beim Arbeiten stets auffällig langsam und bedächtig, als gleite er durch ein Glas mit klarem Sirup oder eben durch die Schwerelosigkeit.

Nikolaustag

Draußen auf der Hasenheide schiebt sich das Dia des in einem knappen Monat zu feiernden Weihnachtsfests vor das Kreuzberger Alltagsgesicht. Unter der künstlichen Eistüte eines Händlers für kalte Süßspeisen hindurch, vorbei an einer Pizzeria, in der eine lächelnde junge Frau jeden willigen Passanten für einen Euro fünfzig satt machen kann, werden die Füße zum Stoppen veranlasst. Hier, wo im Zweiminutentakt eiförmige Autos durch ein graues Betonquadrat auf den Parkplatz von Karstadt zumurmeln, lächelt ein mannshoher Plastikweihnachtsmann in trügerischer Wetterfestigkeit. Das von innen beleuchtete Plastik ist spröde und von unzähligen, durch das Abrollen kilometerlanger Verpackungsfolien hervorgerufenen Ozongewittern morsch geworden. Wenige Meter entfernt beugen sich zwei ratlose türkische Männer über die still vor sich hin qualmende Motorhaube des weit und breit einzigen Autos, das nicht wie ein Ei aussieht, dafür aber im Augenblick nicht fahren will. Ein vom Wind aufgeblähter Fahrradfahrer fährt in kleinen Schlangenlinien an einem Schwarm Kinder vorbei, die, ebenfalls auf Rädern sitzend, auf dem Radweg eine Ermahnungspause einlegen, weil ihre Aufsichtsperson, ein Mann mittleren Alters mit sehr dünnen Haaren, etwas zu sagen hat. Zwei Männer und eine Frau mit weißem

Kopftuch sitzen vor einem runden Tisch und rauchen Shisha. Der Besitzer des Kinderladens gleich ein paar Schritte weiter hat seine Ladenhüter im Schaufenster drapiert, so dass sie zu begehrbaren Geschenken werden. Zwei Häuser und zwei Ecken weiter zieht eine zur Jahres- und Tageszeit passende Dunkelheit in den Kiez und umrahmt dekorativ einen mit sehr vielen sorgfältig angeordneten Lichterketten verzierten gusseisernen Balkon. Mittendrin irren blaue Emissionen von Leuchtdioden mit 50 000 Stunden Lebensdauer umher, und dieser Umstand und der, dass es immer noch deutlich über zehn Grad warm in der Nachbarschaft ist, lassen all das unwirklich erscheinen wie auf einem unsachgemäß gefälschten Gemälde.

Irgendetwas ist schiefgelaufen bei all den nicht löschbaren Umstellungen von Sommer- auf Winterzeit vergangener Tage. Die Jahreszeiten sind durcheinandergeraten. Die dünnen Häute aus Eis auf den abendlichen Pfützen der Stadt sind auf den kommenden Monat verschoben worden. Hätte jetzt jemand den Mut, den Rest dieses Monats in Novembermitte zurückzubenennen, könnte das Ganze wieder stimmen.

Eine Woche später besinnt sich das Stadtwetter anders, und kalter Wind senkt die Temperatur auf Winterlichkeit. Vormittags malt er Reif wie die Schläfen ergrauter Männer auf die Hügel der Hasenheide. Der Wind ist stark genug, um die Pflanzen, die in eimergroßen, feuerfarbenen Tontöpfen im Café neben dem Spielzeugladen stehen, auf die Seite zu legen. Ihr Weihnachtsbaumschmuck rollt auf die Hasenheide. Blaue Kugeln aus erstarrtem Nichts werden von den Autos abwechselnd die Straße hoch zum Südstern getragen. Unterwegs zerschellen sie. Ein Mann kommt aus dem Spielzeugladen. Er hat langwellige graue Haare und fasst sich murmelnd in den riesigen Bartbusch. »Scheiße, ey!«, murmelt er in eine unbestimmte Richtung, ohne jemanden oder etwas direkt anzusehen. Sollte er jene die Hasenheide entlangtreibenden Lemminge aus blauem Glas gemeint haben, dann ist es wohl der Weihnachtsmann gewesen.

Menschen wohnen in Berlin, viele Menschen haben keine Gesichter und keine Namen. Sie sind Verkehrsteilnehmer und Teil der grauen, bedeutungsarmen Masse. Bis man sie fragt, wie sie heißen und wie sie leben. Dann kennt man sie, und die Stadt bekommt eine andere Art von Größe.

Fredy und Helga wohnen in Berlin-Reinickendorf ganz in der Nähe des Schäfersees. Der Eingang zur Hausnummer 99 ist nur über ein Hauptportal erreichbar, das mehrere Hauseingänge an der Rückseite der Häuserzeile zugängig macht. Nachts dürfte das Tor geschlossen sein. Ein Flugzeug saust über die Wohnsiedlung und wird in wenigen Sekunden seine Federn sträuben, um in Berlin-Tegel zu landen.

Fredy ist jetzt neunundsiebzig Jahre alt und spielte in den 50er Jahren in der deutschen Handballmannschaft. »Heute ist das ja alles anders mit dem Handball«, sagt er und stellt ein Glas frisch gepressten Fruchtsaft auf den Tisch. Aus einem kleinen Kännchen, das Helga auf einem Flohmarkt erstanden hat, gießt er durchsichtigen Kaffee in eine Tasse. Helga sagt, sie könne keinen Kaffee machen, weil der immer zu stark oder zu schwach ausfallen würde. Sie selbst trinkt sonst Tee aus dem Kännchen, das jetzt auf dem Tisch neben einem Teller mit Weihnachtsgebäck steht. Fredy geht noch einmal nach draußen in die Küche, und Helga erzählt von der Zeit, in der sie die Frau des Handballtorwarts gewesen ist. Für die Frauen der Nationalspieler hätte es nach Kriegsende keine guten Sitzplätze gegeben, um dem Spiel ihrer Männer zu folgen.

Seit über dreißig Jahren wohnen die zwei nun hier in der, abgesehen vom Landeanflugsverkehr, eher beschaulichen Siedlung. Fredy hat sein Leben lang für Osram in Berlin gearbeitet und weiß ziemlich genau Bescheid über Molybdän-Draht. Mit einem leisen, aber bestimmten Ton in der Stimme berlinert er sich nachdenklich von Satz zu Satz. Dabei gebraucht er gelegentlich ein erfundenes Wort, das eine nachlässige, labile Person meint. Solche Personen nennt er Schlummel. Damals bei den Länderspielen war nicht viel Zeit, um sich ausreichend in der Fremde umzusehen. Obwohl es am Ort des Wettkampfes seinerzeit noch kein Aufwärmtraining gab, fand sich meistens nur Zeit für einen zweistündigen Eilmarsch. Gereist war man mit dem Mannschaftsbus und gelegentlich mit dem Schiff. Damals war das Herumreisen nur wenigen vorbehalten und nicht wie jetzt allgemein üblich, sagt Fredy, und daumengroße Freudenfeuer tanzen um seine Augen. Europa hat er mit seiner Sportkunst nicht verlassen können. Damals, als Deutschland gegen Japan gespielt hat, war Fredy krank und ist zu Hause geblieben. Munter erzählt er von Deutschland gegen Schweden, und Helga nickt dazu.

All die Jahre hat sie Fredy unterstützt und dabei auf vieles, das für andere Ehefrauen selbstverständlich ist, verzichten müssen. Als wohlverdientes, karges Privileg gab es diese Reise mit der Mannschaft nach Schweden und das gelegentliche Gefühl, zu einer reinen Berühmtheit zu gehören. Rein, weil außer Sportsgeist und außerordentlicher Arbeitsbereitschaft nicht viel anstand. Weder stand an, den Baum des gemeinsamen Lebens mit Schwällen von Eitelkeit zu übergießen, noch gab es goldene Äpfel zu pflücken. Aber es gab spätere Abende mit Bekannten und Familie, um das Spiel Fredys und seiner Mannschaft gemeinsam vor dem TV-Gerät zu genießen. Seinerzeit war das Fernsehen eine sinnvolle Alternative zum Blick ins Lagerfeuer, den Generationen von Sippen und Gemeinden pflegten, seit der erste Blitzschlag auf der Erde Funken schlug.

Deutschlandradio verkündet in den Morgenstunden, als das Bewusstsein gerade dabei ist, die Grenze zwischen geträumter und zu lebender Realität zu überwinden, dass am Tag zuvor Kurt Vonnegut gestorben ist. Kurt Vonnegut – der Erfinder von Eis9.

Ein Kreuzbube liegt auf dem Stück Südwestkorso, das vom Breitenbachplatz in die Innenstadt führt. Die Autos fahren um diese Zeit so dicht die Straße entlang, dass man meinen könnte, sie hingen wie S-Bahn-Waggons aneinander. Berlin besteht in diesem Zeitabschnitt aus eisigem Wind, der, von kreuz und quer verlaufenden Häuserzeilen kanalisiert, aus allen Richtungen gleichzeitig kommt.

In der Wohnung schleicht ZSK Osirsis zum blauen Sofa, um seine Krallen in den erlahmenden Stoffbezug zu bohren und Katzenklimmzüge zu machen. Der Kater öffnet das Mäulchen, betrachtet höchst aufmerksam einen Punkt an der Wand, der nur Katzen interessieren dürfte, und niest dabei ein paar Tröpfchen mit Blut vermischten Katzenschleim ins Wohnzimmer. In ein paar Monaten wird er sterben.

Zeitgleich schreibt eine dunkelhaarige Frau einige Stadtbezirke entfernt an einem Puppenspiel, das dazu gedacht ist, ein dreijähriges Mädchen an seinem Geburtstag zu erfreuen.

Gut an diesem Morgen ist die eben erwachte Hoffnung auf den unmittelbar bevorstehenden Frühling, der Liebe herantragen könnte oder wenigstens ein etwas größer werdendes Verständnis für das gesamte Lebensgemälde. Die immer gleiche Lebensuhr hat Kurt Vonnegut sterben lassen, während in der Hauptstadt des Landes, aus dem er kam, Kinder auf der Gummihaut eines Trampolins dem Himmel entgegenhüpfen.

Einen Nachmittag später feiert jemand in einem Park in der Nähe des Bahnhofs Greifswalder Straße Geburtstag. Zeitweilig teilen sich drei Generationen der Gattung Mensch den Ort des Geschehens. Es gibt Kaffee, roten Tee aus dem Karton und Zitronenbowle aus einem großen Tonkrug.

Kleine Mädchen eilen auf Minifahrrädern um den Spielplatz und um einige Jungen herum, die an hängenden Autoreifen schaukeln, bis jemand – »hahaha« – herunterfällt. Jemand dreht auf Holzstäbchen gerollte Speckscheiben mit Pflaumenstückchen über glühenden Kohlen, die sich mit hellem Klang aneinanderreiben und zu Asche werden.

Eines der Mädchen, das auf Stützrädern den anderen beiden Mädels hinterherradelt, sieht kaum nach vorn. Es beschenkt alles Mögliche mit seiner Aufmerksamkeit. Zuerst einmal sind die Füße interessant genug, weil sie sich mit den Pedalen des Minifahrrades nur ungern zu einem Antriebsrhythmus vereinigen wollen. Es ist ihr erster Versuch, sie hat die ersten drei Jahre ihres Lebens erst knapp durchschritten. Das Mädchen blickt bei den zügiger werdenden Radelversuchen umher, um wechselnde Punkte im Gelände jenseits der Dreißig-Meter-Linie zu observieren. Niemand weiß, warum sie das tut.

Es ist Sonntagabend, also ein bisschen klamm wegen der für manche Erwachsene betrüblichen Vormontagsstimmung.

Die kleine Blondine denkt offensichtlich wenig über den morgigen Wochenbeginn nach, und falls doch einer fragen sollte, dann wird sie mit ernster Miene sagen, dass morgen Donnerstag sei.

Not to be

Wo aus Himmel Weltraum wird, dort fliegt
ein Stück Metall.
Es denkt: »Bin ich erst mal hier, dann bin ich überall.«
Eines Tages möchte es den Regenbogen füttern,
Hand in Hand mit einem Wolkenbruch
auf den Antillen schlittern.
Schmetterlinge lächeln, denn die Chaostheorie, und dass
Es im Kopf passiert, stimmt so gut wie nie.
Mikroskopieren, benennen und erforschen –
viel besser wäre es, an einem See zu horchen.
Unser Stück Metall aus einem Fernsehsatelliten hat das
Mutterschiff verlassen, obwohl die Techniker
nach ihm riefen.
Es hat eine Seele und es glänzt nur zum Vergnügen.
Innen und außen ist es hart, aber es kann sich
auch verlieben.
Der Fisch ist kein Fisch, wenn man ihn nicht so nennt.
Ein Berg hat keinen Namen, wenn man ihn nicht kennt.
Die Realität ist nur Fantasie
Die Realität ist nur Fantasie.

Ich existiere.

Da bin ich wieder, auf dem Weg in einen neuen Frühling. Zwar ist es noch zu kalt und zu windig, um mehrere Momente am Stück an heller gestimmte Harmonien und die Gerüche unzählbarer Pflanzen zu denken. Aber etwas, das immer gut gewesen ist und immer wieder gut sein wird, wiederholt sich schon in wenigen Tagen.

Kleine Generation-Z-Menschen werden geboren, Chancen für neue Veränderungen. Manche Menschen sterben.

Etwas Unbestimmtes löst sich auf.

Helga S., die Freundin meiner Familie, mit der ich in den letzten beiden Jahren immer wieder lange Telefonate geführt habe, lebt nun nicht mehr. Sie ist beinahe planmäßig Anfang jenes Märzes gestorben. Den Kampf gegen die falschen Zellverbände in ihrem Körper hat sie in einer Nacht, in der sich die Haut an ihren Fingerspitzen durch die Einwirkung von Chemikalien und Antikörpern aufzulösen begann, verloren. In dieser Nacht wollte sie am Ende einer alles verschlingenden Aufwallung von Schmerz und Übelkeit nur noch schlafen, und ein Zeitpunkt zwischen jenem Abend und dem anbrechenden Morgen hat ihr diesen Schlaf gewährt.

Ich fahre mit dem Fahrrad an der im Umbau befindlichen Eierschale vorbei. Vor einigen Jahrzehnten hat Helga S. hier den einen oder anderen Freitagabend verbracht, um auf der Bühne Teddy Stauffer zu sehen. In früheren Zeiten, als Helga noch ein Backfisch gewesen ist, hat sie dort vermutlich auch Wolfgang Neuss mit jungfräulich kichernder Neugier bewundert. Ich denke an sie und frage mich, wo sie jetzt ist. Sie mag gestorben sein, aber weg ist sie deswegen noch lange nicht.

Warum ich Helga S. am Schluss dieses Buches noch einmal erwähne? Sie war, wie ein Mensch in dieser Welt sein sollte. Eine Optimistin mit einem Anfang und einem Ende. Auch sie hat viele Jahre alleine gelebt, ich glaube, ohne sich einsam zu fühlen.

Übrigens

Sie existiert nicht und hat nicht existiert. Nicht als finale Stillung meiner Sehnsüchte, nicht als endgültige Linderung meiner Schmerzen.

Es wird für mich niemals zu verstehen sein, wieso sich, anscheinend unabhängig von äußeren Umständen, Schmerzen in meine Gegenwart ergießen und große Teile meines Alltages regieren. So, wie ich es jetzt sehe, wollte mein Leben dieses Buch von mir und hat mir deswegen eine Glasscherbe ins Herz gerammt. Bitte, hier ist das Buch.

Warum bin ich süchtig nach dem Nichts? Es fasziniert mich als Spiegelbild des Seins.

Der lähmende Abgrund, der Blick ins Nichts, die Sehnsucht nach Stille, nach dem absoluten Nullpunkt, ohne Rückkehr in die eifrige, hektische, nervöse Betriebsamkeit des Seins. Man kann das leicht verwechseln. Dieses kurzzeitige Auslöschen des Ichs in den Armen jener Geliebten, das einem kurz gewährten Blick ins Paradies gleicht. Dieser Frieden nach dem allerheftigsten Ineinander-Verschlingen, wie weit ist er entfernt vom Nicht-mehr-Sein, also vom Tod?

Damit konnte sie, meine schöne Gefährtin, nichts zu tun haben wollen. Sie ist das Gegenteil von Tod und andauerndem Frieden, und das muss gut so sein. Sie existiert und wird existieren, nur eben nicht so, wie ich es mir gedacht hatte.

Ich bin noch einmal in die Gegenwart dieses neuen Jahrtausends geboren worden. Eine neue Neugierde ist erwacht.

Ich laufe durch meine Stadt und blicke in die Gesichter von Frauen, Männern, Kindern und Tieren. Gelingt es mir, eines dieser Gesichter länger als einen Moment anzublicken, kann ich des Öfteren beobachten, wie sich der eine oder andere verschlossene Blick öffnet und gelegentlich zu einem Lächeln aufhellt. Dieses Lächeln verbreitet sich schnell, wenn es Blick um Blick weiter reflektiert wird und wie Wassertropfen in einem Gefäß größer werdende Kreise zieht. Das funktioniert, weil es in dieser Stadt mindestens genauso viel Glück gibt wie Unglück. Das Glück war immer vorhanden und wird es immer sein.

Ich bin ein Einwohner meiner Stadt mit grauer werdenden Haaren, stumpfer werdenden Zähnen, unschärfer blickenden Augen und tauber werdenden Ohren. Ich trage eine Bombe im Herzen, ein jederzeit sprungbereites, wildes Tier in der Seele, aber auch einen von Sonnenstrahlen vergoldeten Himmel. Wahrscheinlich bin ich wie Du oder, wie Arthur aus meiner Lieblingsfernsehserie »King of Queens« sagen würde: »Ich bin ein Mitglied des Systems.« Ich bin der etwas ältere Herr Sowieso, der in seinem Lieblingsladen Spielzeug an Männer, Kinder und manchmal an Frauen verkauft. Ich habe begriffen, dass dieses Leben von Anfang an gut zu mir gewesen ist, und werde von jetzt an lächeln, wann immer ich kann.

Vergangen!
Vergessen!
Vergeben!
Nie wieder um Dich weinen
Nie wieder von Dir reden
Zu lange war ich Dein
Nun bin ich Ich
Mein Leben ist mein
Meinen Weg zu gehen
Ohne mich umzudrehen
Vergangen ist vergangen.
Was übrig bleibt?
Erinnerung an eine schöne Zeit
Ohne Schmerzen
Ohne Trauer
Mit einem Lächeln im Gesicht
Und der Hoffnung, Du vergisst mich nicht.

Jasmin Eggert

ISBN 978-3-945187-77-7

in der edition ost Verlag und Agentur GmbH, Berlin
Umschlaggestaltung: Verlag, unter Verwendung
eines Motivs von Key Pankonin
Printed in EU

Die Bücher des verlags am park und der edition ost
werden vertrieben von der Eulenspiegel Verlagsgruppe.

www.eulenspiegel.com